MULHERES!

Livros do autor publicados pela **L&PM** Editores

Canibais (**L&PM** POCKET)

A cantada infalível seguido de *A mulher do centroavante* (**L&PM** POCKET)

Cris, a fera & outras mulheres de arrepiar (**L&PM** POCKET)

História dos Grenais (c/ Nico Noronha, Mário Marcos de Souza e Carlos André Moreira)

Jô na estrada (ilustrações de Gilmar Fraga)

Jogo de Damas (**L&PM** POCKET)

Meu guri! (ilustrações de Gilmar Fraga)

Mulheres! (**L&PM** POCKET)

Pistoleiros também mandam flores (**L&PM** POCKET)

Um trem para a Suiça

David Coimbra

MULHERES!

www.lpm.com.br

L&PM POCKET

Coleção **L&PM** POCKET, vol. 565

Texto de acordo com a nova ortografia.

Este livro foi publicado em primeira edição pela L&PM Editores, em formato 14 x 21cm, em outubro de 2005.
Primeira edição na Coleção **L&PM** POCKET: 2006
Esta reimpressão: junho de 2012

Essas crônicas foram publicadas no jornal Zero Hora entre janeiro de 2003 e agosto de 2005.

Capa: Gilmar Fraga
Revisão: Jó Saldanha e Renato Deitos

C679m

Coimbra, David
Mulheres! / David Coimbra. – Porto Alegre, RS: L&PM, 2012.
224 p. ; 18 cm (Coleção L&PM POCKET; v.565)

ISBN 978-85-254-1630-8

1.Literatura brasileira-crônicas. I.Título. II.Série.

CDU 821.134.3(81)91

Catalogação elaborada por Izabel A. Merlo, CRB 10/329

Rua Comendador Coruja 314, loja 9 – Floresta – 90220-180
Porto Alegre – RS – Brasil / Fone: 51.3225.5777 – Fax: 51.3221.5380

Pedidos & Depto. comercial: vendas@lpm.com.br
Fale conosco: info@lpm.com.br
www.lpm.com.br

Impresso no Brasil
Inverno de 2012

Sumário

Janete

Elias olhou para a cinturinha de Janete e pensou, admirado: é o talo da maçã! Pela primeira vez a via de biquíni. O firme redondo das nádegas, as pernas longas e sólidas... Janete, quem diria? No cimento de Porto Alegre, à paisana, boiando dentro de suas calças largas, Janete tinha a sensualidade de uma máquina de lavar roupa. Usava óculos de aros grossos, o cabelo sempre preso, só falava em trabalho. Mas afundando os pequenos pés brancos na areia quente de Atlântida, com o corpo enfim desvelado, Janete mostrava o que ninguém poderia suspeitar. O talo da maçã! Elias não se conteve. Deixou a palavra explodir nos molares:

– Gostosa!

– Que é isso, Elias?!?

Ele, que era um mulherengo convicto, um pândego incansável, não se comoveu com o embaraço dela.

– Como você é boa!

– Elias! Para com isso já e já!

Não adiantou. A partir daquele dia, Elias foi tomando cada vez maiores liberdades com Janete. Os outros amigos, todos colegas de trabalho, achavam muito engraçado. Quando haviam combinado de alugar a casa em Atlântida sequer desconfiavam que Janete, recatada feito uma irmã carmelita, quereria ir junto. Mas ela quis. Foi. E agora isso. O verão prometia ser divertidíssimo. Elias estava adorando. Passava os dias lhe dizendo... coisas.

– Sabe o que vou fazer contigo? – e relacionava as safadezas mais melequentas que os tímpanos imaculados de Janete já tinham ouvido.

Ela apenas protestava:

– Para, Elias!

Os outros riam.

Os ataques de Elias se tornavam mais insinuantes sempre que ela vestia o biquíni. Não se limitava mais a falar. Apertava-lhe os braços, beijava-lhe as omoplatas, rosnava em sua nuca. Janete se esquivava e protestava, sem graça.

– Para...

Todos riam dos apuros de Janete. Ninguém mais do que o gozador do Elias:

– Essa mina é muito engraçada!

Acuada, Janete desistiu dos biquínis. Agora vestia apenas shorts sisudos e saias que lhe roçavam as rótulas. Desistiu de ir à praia, temendo açular a lubricidade de Elias. Preferia ficar jogando canastra com alguma amiga. Até que, um dia, os amigos saíram aos pulos com suas raquetes de frescobol. Janete pensava estar sozinha em casa, mas não estava. Elias também ficara. Ela abriu a porta do quarto, distraída, cantarolando baba, beibe, beibe, baba, e, ao botar o pé no corredor, quase abalroou Elias.

– Oh! – Janete se assustou. Deu dois passos para trás. Entrou outra vez no quarto, de costas.

Elias a seguiu. Fechou a porta com o calcanhar, sorrindo, malicioso. Olhou-a dos pés macios aos cabelos encaracolados. Sentiu a saliva se lhe acumulando nos carrinhos.

– É hoje, Janete – disse, voz roufenha, os caninos à mostra.

Ela não respondeu. Ele repetiu:

– É hoje!

E se aproximou dela, esperando que recuasse, apavorada, para o fundo do quarto. Mas Janete não recuou. Continuou paradinha, de pé. Talvez por estar em pânico, calculou ele. Elias levou as mãos até as ilhargas de Janete. Ela usava uma saia leve, que lhe caía aos tornozelos. Elias agarrou a saia com as duas mãos, uma em cada perna. Começou a puxá-la. Janete se manteve impávida, calma, olhando para Elias como se estivessem conversando sobre a cotação do dólar. A saia foi subindo. As canelas lisas de Janete apareceram. Elias pensou: é agora que ela vai gritar. Não. Janete ainda estava tranquila. Os joelhos redondos vieram a seguir. Elias, sem parar de recolher a saia, achou que provavelmente ela lhe esbofetearia. Nada disso. Janete sequer se mexia. Apenas respirava e observava.

A primeira curva das coxas de Janete surgiu, brilhante. O coração de Elias batia com força. O que estava acontecendo? Por que ela não protestava?

A saia subia ainda mais. Outro palmo de coxa. Janete imóvel. Elias sentiu o suor frio lhe brotando das frontes. O vestido subindo, subindo, ali estava o amarelo da calcinha, a calcinha minúscula, um paninho de nada. Elias arregalou os olhos. O que era aquilo? Cadê o pavor de Janete? Cadê o medo? Olhou para os olhos dela – reluziam, um meio sorriso lhe cintilava no rosto. Elias largou o vestido. Recuou. Bateu com as costas na porta.

– Janete!

Ela avançou. Colou nele. Elias sentia seu hálito de baunilha.

– Você disse que era hoje! – ronronou ela.

– Janete!

– Você disse que ia fazer coisas comigo!

Esfregava-se nele, agora. Apavorado, Elias conseguiu driblar o ataque de suas mãos sequiosas. Atirou-se para o lado, escorregou, quase caiu.

– Você disse que ia sugar meus mamilos róseos! Sugue! – e num golpe Janete rasgou a blusa.

Rasgou! Os seios, blop, blop, saltaram para o ar exterior, enfim livres. Dessa vez, Elias caiu, com o susto. Começou a se arrastar de costas, fugindo daqueles mamilos realmente róseos, intumescidos, belicosos.

– Janete! – berrava Elias. – Que é isso, Janete?

– Você disse que ia passar a língua por cada centímetro do meu corpo em fogo! – continuou ela, avançando sempre. – Agora passe! – e pulou fora do vestido, e num átimo já estava sem calcinha. Janete ali, nua, e Elias com a garganta fechada, com vontade de chorar, prensado contra a parede.

– É HOJE! – urrou ela.

E Elias finalmente se equilibrou, levantou-se de um salto e, ágil, alcançou a porta, abriu-a e saiu correndo, gritando:

– Não, Janete! Nããão!

Janete ainda correu atrás de Elias por alguns metros, nua, os seios balouçantes, mas ele tomara grande distância, não havia como pegá-lo. Depois daquele dia, os biquínis de Janete diminuíram consideravelmente. Até um de crochê ela usava.

Elias passou a fugir dela, mas ela o perseguia, abordava-o, dizia... coisas para ele. Grudava os lábios carnudos em sua orelha e murmurava:

– Sabe o que é que eu vou fazer contigo?

Elias reclamava:

– Para, Janete!

Os outros riam, contentes. O verão estava sendo realmente divertidíssimo.

Como ir ao cinema sozinho

Isso de ir ao cinema sozinho. Durante a semana, nenhum problema. Chego de mão no bolso, tomo um expresso antes, dou a chamada passada d'olhos... peraí, um apóstrofo, estava ansioso para usar um. Vou até repetir: dou uma passada d'olhos no último Ed MacBain que comprei ali na livraria e, enfim, entro na sessão. Ao fim do filme, saio tranquilo, vou para casa pensando na história, talvez encontre o Eduardo e o meu irmão Régis para um chope, e talicoisa.

O drama é o sábado à noite. Uma vez tentei ir ao cinema sozinho num sábado à noite. Cheguei lá e, puxa, todos aqueles casais. Eles ficaram me olhando:

– Olha aquele cara sozinho no cinema num sábado à noite.

Tenho certeza que apontavam para mim. Que cochichavam. Alguns riam. Eu, um cara sozinho, absolutamente sozinho, uma aberração. O que havia de errado comigo, que não estava de namorada? Será que ela havia me dado o bolo, coitado de mim? Será que nenhuma mulher desta cidade fervente de mulheres solteiras, descasadas, viúvas, sequiosas de companhia, será que nenhuma delas queria ir comigo ao cinema justamente num sábado à noite???

Era o que comentavam. Sei disso! Comprei meu ingresso e me aprumei. Queria salvar minha dignidade. Tentei aparafusar no rosto uma expressão satisfeita, de quem estava sozinho por preferência, entendem? Uma opção. Ensaiei até um meio sorriso. Se tivesse um celular faria de conta que estava conversando com uma moça. Falaria no tom que habitualmente as pessoas usam ao celular. Aos berros:

– Alô? Ah, oi, Clá. Estou entrando no cinema. Por que não te convidei? Bem, Clá, tu sabes que gosto de ir ao cinema sozinho. A solidão também é importante, Clá. Lembra quando tu ganhaste o Garota Verão e as pessoas não te deixavam em paz? Pois é, Clá. A solidão às vezes é um bálsamo. Depois? Está certo, depois do filme nos encontramos, querida. O quê? Hein? Ah, pode ser aquela calcinha preta de rendinha que tu usaste a última vez...

Mas não tinha celular. O único recurso era a linguagem não verbal. Como se parece uma pessoa completamente satisfeita por estar sozinha no cinema num sábado à noite? Já sei: sobrancelha esquerda levantada, olhar sonhador de quem está esperando uma noite inefável, talvez um assobiozinho. Sim, um assobio pega bem.

Foi assim que entrei na sala. O filme começou. O mundo ficou sem importância por duas horas. Esqueci de tudo, até de que estava sozinho no cinema num sábado à noite. Mas, quando a ação acabou, as luzes se acenderam, como sempre se acendem. Os casais todos se levantaram, vestiram seus casacos, apanharam suas bolsas. Antes que reparassem em mim, saí pisando firme, sem olhar para os lados. Não queria encontrar ninguém conhecido. Deus me livre pegar a fama de quem vai sozinho ao cinema num sábado à noite.

O sanduíche americano

Minha mãe era professora do Estado no tempo em que professora do Estado recebia salário digno. Ao fim de cada mês, ela tomava a mim e a minha irmã pela mão e nos levava para passear na Rua da Praia. Era uma emoção descer pela rua mais sofisticada da cidade, parar diante das vitrines coruscantes e, sobretudo, imaginar o presentinho que ela nos daria ao entardecer. Mas o momento que eu aguardava com maior ansiedade mesmo era o do lanche nas Lojas Americanas.

Cara, as Lojas Americanas tinham escada rolante. Escada rolante! Subia na escada, todo pimpão, e ia maquinado para o segundo andar, rumo à lancheria.

Lá, sempre pedia o sanduíche americano. Cristo! O sanduíche americano era do tamanho de um caderno de colégio. Cortavam-no ao meio, ficavam dois triângulos isósceles de pão macio, com um detalhe: três fatias! Era muita fatia. Entre cada pavimento, camadas duplas de queijo e presunto, tudo isso quentinho, prensado, uma delícia, nham!

Na semana do Natal, íamos ao Centro à noite. Melhor ainda. As vitrines mais iluminadas, as pessoas mais enfarpeladas. Não havia sanduíche americano, verdade, mas o mil-folhas da confeitaria Matheus desmanchava-se só de encostar nos pré-molares. Lembro de um prazer comezinho: atravessar a Borges. As volumosas ondas de gente vinham de um sentido e outro, na Rua da Praia, e estancavam na represa do meio-fio da Borges, então aberta ao tráfego de veículos. Uma multidão aqui, outra lá, esperando a abertura do sinal feito cavalos no partidor. Quando abria, uaaaahhh, a pororoca humana!

Enfim, o Centro era de fato o centro da cidade. Era para onde a vida convergia. Hoje, com as colchas dos camelôs estendidas nas calçadas, com os bancos suprimindo os cafés, com o descaso corroendo as esquinas, o Centro só volta a ser o velho Centro durante a Feira do Livro. Nesses dezessete dias de primavera, a população retoma a cidade, as pessoas se encontram na praça, manuseiam livros antigos, combinam chopes. As propostas que surgem a cada ano de tirar a Feira da praça são propostas que apartam a humanidade do Centro e, por consequência, desumanizam a própria cidade. Porque uma cidade é isso mesmo, é a convivência dos cidadãos, é o conjunto de lembranças que tornam um prédio, uma calçada ou uma praça especiais.

Porque, para quem vive na cidade, eles são especiais, sim, os prédios, as calçadas, as praças. E, até, por que não? Um reles sanduíche americano.

Elas preferem os cafajestes

A gaúcha aquela quer casar com o Maníaco do Parque. O cara está preso, condenado a 250 anos de cadeia e, pô, é o Maníaco do Parque, afinal de contas. Estuprou nove mulheres. Matou sete. E mesmo assim consegue namorada! Mais até: ela o chama de Chico.

– Eu sou a mulher do Chico – admitiu, orgulhosa, depois de ter pedido para fazer uma visita íntima ao Maníaco.

Visita íntima! Chico!

Claro, isso pode ser visto como uma boa notícia: se o Maníaco, que é o Maníaco, arranja mulher, imagina você, que é ajeitadinho e nem matou ninguém. Mas não se trata disso. O fato é o seguinte: as mulheres preferem os cafajestes. E o Maníaco, puxa, existe grande probabilidade de ele ser encarado como cafajeste.

O cafajeste desperta na mulher dois instintos básicos: o maternal e o da concorrência com as outras mulheres. O maternal porque, para ela, o cafajeste é um moleque arteiro à espera da disciplina corretiva. O da concorrência porque o cafajeste, em tese, tem muitas mulheres. Logo, se uma delas o conquista, supera todas as outras. Caso o homem não seja cafajeste, caso seja, digamos, um certinho, a mulher o olha com desprezo. Reclama:

– Ele está me sufocando!

Esse é o meu problema, confesso. As mulheres se aproximam de mim achando que sou cafajeste. Depois que passam um tempo comigo, percebem que não, que sou um sujeito decente, que lhes dou atenção, que repudio a traição. Então se decepcionam. Tento parecer cafajeste sempre, mas a correção, a dignidade, até mesmo a pureza que estão impregnadas em minh'alma, isso tudo é mais forte, acaba se manifestando. As mulheres, então, balançam a cabeça:

– Tsc tsc, e eu que achei que ele fosse canalha de verdade.

Triste.

Mas assim é o mundo, aprenda: se você quer de fato conquistar uma mulher, asfixie a integridade que existe em você. Por mais difícil e repugnante que pareça, disfarce: tente parecer um canalha. É duro, sei, mas vale a pena. Talvez você um dia chegue a ser tão atraente para elas quanto o Maníaco do Parque.

A súplica de Loraine

O absinto tem estranhos poderes sobre as mulheres. Foi depois de duas doses de absinto que Cristina fez a confidência. Estavam apenas ela e Loraine na casa da praia, os maridos tinham ido pescar na plataforma de Atlântida. As duas e seus drinques na varanda. Cristina olhou para a amiga. Nunca contara aquilo para ninguém, e agora precisava contar. Loraine parecia a pessoa ideal para ouvir a confissão – era sua melhor amiga e até havia sido freira. Largara o hábito para se casar. Era uma mulher muito religiosa, muito direita, muito conservadora. Talvez por isso mesmo fosse adequada – Cristina queria ser julgada por suas ações. Queria até ser punida. O desabafo seria como que um ato de contrição.

– Tenho algo pra te falar – disse, enfim, num suspiro, mexendo o verde leitoso do copo.

Loraine a encarou com seus olhos de corça, olhos da santa que era, da católica convicta, de ir três vezes por semana à missa, de ter um pequeno altar para o Padre Réus em casa, de ter intimidades com apenas um homem em toda a vida, um homem com pijama de marido, com coxas pegadas de marido, com nome de marido Praxedes. Poderia haver marido mais perfeito para mulher tão perfeita? Praxedes, o marido ortodoxo; Loraine, a mulher sem pecado. Cristina, ao contrário, tinha tanta mácula em seu passado...

– É sobre o meu passado – continuou.

– Que foi, meu anjo? – Meu anjo. Loraine sempre a chamava assim. Mas ela, Loraine, é que era um anjo. Sempre reta, incorruptível. Será que ela fazia sexo? Sexo realmente?

Não... O sexo com Loraine devia ser algo suave, sem felação, sem posições esdrúxulas, sem mordidas e arranhões, sem o uso inadequado de legumes, mesas e cordames, sem luzes acesas. Sexo limpo. Sexo dos nossos pais. Sexo civilizado. Sim, Loraine era a pessoa ideal para julgá-la. Ia falar. Ia! Falou:

– Eu fui dançarina de boate.

Loraine silenciou. Inclinou um pouco a cabeça, do jeito que os cachorros fazem quando ficam surpresos.

– Dançarina?

– Na Farrapos.

– Avenida Farrapos?

– É. Eu fazia shows...

– Ah... – Loraine sorria, cândida como um animalzinho, parecia não ter compreendido. Cristina resolveu ser mais específica.

– ...de strip.

Loraine arregalou os olhos. A informação começava a ser absorvida. Balbuciou:

– ...tease?

– Tease.

Loraine mudou de cor. Primeiro ficou amarela, depois embranqueceu. Levou a mão à boca:

– Nossa Senhora da Carupítia!

A reação escandalizada da amiga incentivou Cristina. Agora ela queria falar tudo. Tudo!

– Eu fazia programas, Lô.

– Programas!

– Programas. Fazia sexo por dinheiro. Foi um momento ruim da minha vida, eu tinha chegado do interior, não encontrava emprego. Aí uma amiga minha me levou lá. Depois de um ano e meio parei.

– Um ano e meio? – Loraine parecia calcular. – Dezoito meses... Tanto tempo...

Cristina jamais achou que fosse tanto tempo. Surpreendeu-se um pouco com a conclusão de Loraine. Mas depois concordou, era isso mesmo, um ano e meio de pecado era demais. Loraine tinha toda a razão em condená-la.

– Quantos... – Loraine hesitava – ... homens... por dia tu... conhecias?

Conhecia. O termo bíblico para relação sexual. Uma santa, realmente. Que vergonha. Mas Cristina estava decidida. Ia se abrir. Ia contar tudo. Ia se entregar à punição de Loraine como se fosse a sentença do próprio Senhor.

– Às vezes, um homem. Às vezes, mais. Cheguei a fazer sexo com sete homens numa noite.

– Virgem Santíssima! – Loraine agora enrubescera.

O opróbrio da amiga a enchia de vergonha, Cristina podia notar. – Sete ao mesmo tempo?

– Não! – Cristina quase gritou. – Um por vez. Mas uma noite fiz com três homens ao mesmo tempo...

– Três! – O queixo santo de Loraine desabou. Seus olhos saltaram das órbitas. – E o que eles fizeram contigo?

Cristina nunca sentira tanta vergonha, nem na sua estreia na vida de cortesã. Com toda a certeza, Loraine a insultaria, a rebaixaria ao seu nível real, que era o rés do chão, talvez até deixasse de falar com ela por algum tempo. Cristina só não queria perder sua amizade para sempre. Mesmo assim, confessou:

– Tudo. Eles fizeram tudo comigo – as lágrimas começaram a brotar –, eu fiz tudo de podre, Loraine. Todas as coisas sórdidas e porcas e aviltantes que uma pessoa como tu jamais imaginaria. Desculpa, Loraine! – Agora o pranto lhe caía em catadupas. – Desculpa!

Mas Loraine dava a impressão de estar insensível ao seu pedido de desculpas, indiferente a sua dor. Olhava para cima, para o vazio, como que alheia. Cristina continuava implorando por desculpas, quando Loraine segurou-a pelos ombros e olhou dentro de seus olhos.

– Amiga – falou com uma voz rouca, os olhos faiscantes. Cristina parou de soluçar. Fungava. – Amiga – repetiu Loraine. – Me escuta: você tem que me levar lá.

Cristina estacou.

– Hein?

– Me leva lá!

Cristina não entendeu, a princípio. Em seguida, julgou ter compreendido..

– Mas, Lô, eles não têm culpa de nada. Não adianta ir lá, xingá-los, eu é que fui culpada, eu é que...

– Não! – Loraine a interrompeu. – Eu quero fazer isso também, Cris. Entende? Eu também quero. Eu quero, Cris! Eu quero ser uma vadia! Quero ser uma vaca! Uma vagabunda, Cris! Eu quero ser vagabunda! Pelo menos por um dia! Uma noite! Fazendo tudo! Deixando que eles façam tudo comigo, Cris! Me ajuda,

Cris – Loraine a sacudia, no calor da emoção. – Me ajuda a ser uma vagabunda!

Cris levantou de um salto. Recuou até bater com as costas na coluna que sustentava a varanda. Levou a mão à boca.

– Não! – seu grito saiu abafado. – Não! Nããão!

Cristina enfim tivera a sua punição.

O seio direito

Ele sempre começava pegando no seio direito dela. Sempre. Depois, fazia tudo igual, todas as vezes. A sequência jamais variava: seio direito, beijo na boca, dois gemidos, sexo civilizado. Nos primeiros dias, ela até gostava. Não que fosse arrebatador, mas era agradável. Mais tarde, passou a se impacientar. Será que ele nunca faria nada diferente? Não. Nunca fazia. Seio direito, beijo na boca, dois gemidos... Tudo igual. Um dia, ela se irritou:

– Vem cá, você nunca vai fazer nada diferente?

– Ahn? – ele sempre respondia ahn.

– É sempre seio direito, seio direito, seio direito. E, depois, a mesma sequência. Quero algo diferente!

Ele coçou a cabeça, constrangido. Prometeu mudar. À noite, na cama, estava nervoso. Os dois deitados, ele se aproxima, e se aproxima com a mão esquerda espalmada na direção do seio... direito! Ela entesa, deitada de costas. Arregala os olhos. De novo??? Ele para. A mão fica suspensa no ar. Estaria em dúvida? A mão treme. Com esforço, com comovente esforço, ele começa a deslocar a mão do território do seio direito, devagar, devagar... Ele está suando. Morde o lábio inferior. Geme baixinho. Ele sofre. A mão trêmula agora paira acima do seio esquerdo, feito um helicóptero. Enfim, ele a abaixa, abaixa lentamente, muito lentamente e... pega no seio esquerdo!

Ela tem a respiração presa. Não se move, expectante. A mão dele está paralisada naquele seio esquerdo. É com hesitação que os dedos finalmente se mexem, cobrinhas ansiosas, e ele passa a afagá-la de leve. O suor lhe despenca em bagas pelo rosto, seus olhos estão esbugalhados, ele fala, primeiro num sussurro:

– Que loucura!

Depois mais alto:

– Loucura! Loucura!

Enfim grita:

– Loucura! Loucura! Loucura!

O resto é igual a sempre. E nos dias seguintes tudo continua igual, com exceção da mão no seio esquerdo. Passadas algumas semanas, ela se impacienta outra vez:

– Seio esquerdo, seio esquerdo! Você não muda nunca?

Ele se sobressalta:

– Pede pra eu fazer diferente e agora quer tudo igual de novo?!?

Ela, boquiaberta, não responde. Ele olha para o teto.

Parece refletir. Sorri:

– Louca! Você é uma louca! Loucaloucaloucalouca!

E pega no seio direito, repetindo:

– Louca! Louca!

Ela ia protestar, mas não. Olha para ele: alucinado. Ela sorri. E sente orgulho de toda a aventura que, afinal, é capaz de proporcionar.

O livro perdido

Até entrar no Exército, meu avô só falava alemão e nunca havia usado sapato. Seu Walter. Muito pobre, trabalhou desde guri. Aos dez anos, esmagou o indicador direito operando máquina de fábrica calçadista em Novo Hamburgo. Aprendeu tudo sozinho. A ler, a escrever, a fazer conta. Então se tornou um leitor furioso. Jornal, consumia inteirinho, da manchete à contracapa. Livro, o que caísse nas mãos judiadas de sapateiro.

Era um homem culto, embora não tivesse instrução formal. E um envolvente narrador de histórias. Passava os dias a me hipnotizar com aquelas histórias.

A do violador de túmulos, que, tendo sua capa enganchada na ponta de uma cruz, achou que o defunto o puxava para o ventre da terra e morreu do coração. A do condenado à morte, que, pendurado na ponta da corda, mirou pela última vez a inconclusa torre da Igreja das Dores e para ela rogou uma praga centenária. A do casarão mal-assombrado da Independência, de onde se ouviam inexplicáveis gemidos de dor em todas as noites de sexta-feira. E também a do inimitável centroavante Cardeal, que, vitimado pela tuberculose, teve um pulmão arrancado e, mesmo assim, colocava a bola sempre no ângulo, fora do alcance do goleiro, como se a atirasse com as mãos.

Histórias, histórias, de que caixinha saíam todas aquelas histórias?

Uma tarde, descobri. Estávamos na Feira do Livro, minha primeira Feira do Livro. Então, em meio às barraquinhas lambidas pelo sol, seu Walter falou de um livro, um alentado livro no qual ele aprendera a ler durante suas noites solitárias no Exército. Esse livro narrava várias de suas histórias. Mas ele o perdera em algum acostamento da longa estrada da vida e já não sabia mais exatamente qual era o livro, não lembrava o título, o autor, a cor da ilustração da capa, nada.

– Olha pra todos esses livros – disse ele, fazendo um gesto que abrangia toda a praça. – Um deles é o meu. Mas, mesmo que eu o tenha na palma da mão, não vou saber se é ele de fato. Vamos fazer assim: escolhe os livros que mais te interessam, eu compro pra ti. Lê e depois me conta a história. Só assim vou saber se é ou não aquele livro.

Desta forma, li um livro, dois, cinco, vinte. Nenhum era o do meu avô. Jamais encontrei aquele livro mágico, mas acabei me transformando num leitor tão interessado quanto seu Walter. Ainda não achei aquele livro, mas não desisti de procurá-lo. A cada primavera, vasculho a Feira em busca dele. Será que existe mesmo? Ou será que foi só um ardil para me incentivar a ler? Em todo caso, neste ano estarei lá, entre os balaios e barracas de madeira, caçando as velhas histórias do astuto sapateiro Walter.

Um homem chamado Lentilha

O homem mais poderoso do Rio Grande do Sul no começo do século XIX tinha o apelido de Lentilha. Pior, era, bem... Ânus de Lentilha. Não especificamente ânus, claro, mas seu sinônimo chulo, impublicável em um jornal de família. O nome: Paulo da Gama. Figurão importante da corte de Lisboa, chefe de esquadra, fidalgo mesmo, foi designado por Dom João VI para ser o governador da Província de São Pedro.

Por que o chamavam de Lentilha, a História não registra. Normal, certas pessoas são coladas a apelidos inexplicáveis. Sei da existência de um Bom Marido em Porto Alegre. Um Precoce também. Que coisa.

Enfim, o Lentilha. Odiava sequer ouvir menção à palavra lentilha. Ficava fulo. Daí o drama: ninguém sabia disso por aqui. Não se sabia do pseudônimo, nem que o Paulo da Gama sentia profunda ojeriza por ele. Até porque a Província de São Pedro era muito distante das capitais. Quarenta mil almas zanzavam por essa ponta do Brasil, quatro mil delas de gaudérios sem endereço fixo, percorrendo os campos em liberdade atrás do gado selvagem. Porto Alegre nem a vila fora alçada; era apenas freguesia. Então o anúncio da chegada de Paulo da Gama causou alvoroço. Correram todos a preparar as homenagens, entre elas uma peça de teatro intitulada "1798". Os atores, todos amadores, evidentemente, já estavam ensaiando há dois meses, quando chegou ao porto um sargento português que conhecia Paulo da Gama. Curioso, foi assistir aos ensaios. E estremeceu: a criada da peça chamava-se... Lentilha! O sargento advertiu os porto-alegrenses da ofensa que seria feita ao chefe de esquadra com tal representação.

E agora? Não havia tempo para ensaiar outro texto e a Lentilha era um personagem central, não poderia ser subtraída. Foi quando um espírito luminoso se ergueu da multidão e sugeriu:

– Que tal mudarmos o nome para Ervilha?

Todos se entreolharam, encantados. Era uma bela ideia! Tanto a ervilha quando a lentilha eram vegetais comestíveis, e havia ainda a vantagem da rima. Assim foi feito. Paulo da Gama deve ter gostado. Entre suas obras está o primeiro teatro de Porto Alegre, a "Casa da Ópera", ali onde hoje é a rua Uruguai.

O incidente demonstra bem a capacidade de improviso do porto-alegrense. E seu gosto bicentenário pelo teatro. Por isso, a cidade aplaude as iniciativas da dona Eva Sopher, que com sua energia já salvou o São Pedro e agora está construindo o Multipalco. Dona Eva bem mereceria ver gravado no frontispício do São Pedro louvor igual ao que foi feito a Paulo da Gama na fachada da Casa da Ópera. Escreveram assim os agradecidos porto-alegrenses de há duzentos anos:

Aqui magnífico teatro se levanta
Que a gratos peitos instrução derrama
Tal alto benefício só se deve
Ao muito ilustre e preclaro Gama.

A picanha e o cupim

Tenho pena do cara do cupim. O garçom, digo. Porque você entra num espeto corrido, senta-se e é sempre igual: todos procuram o cara do salsichão e do coraçãozinho. Um sucesso, o salsichão & coraçãozinho.

Mas o garçom responsável sabe que seu momento de celebridade é fugaz como uma paixão de Carnaval. Passados os primeiros minutos, ninguém mais chama o cara do salsichão e do coraçãozinho, e ele só fica de longe, observando em silêncio ressentido o triunfo dos homens que carregam o matambre, o lombinho, a cebola empanada.

Sim, a glória do salsichão & coraçãozinho é breve. Mas ao menos ele é recebido com algum entusiasmo. Nada que se compare, claro, à festa que espera o cara da picanha. As pessoas passam certo tempo mastigando alcatras e fazendo piadas sobre o vazio, mas o que aguardam de fato é a picanha. É por causa da picanha que estão ali. Quando o cara da picanha chega, as conversas cessam, os olhares se voltam para ele, todos o solicitam: eu quero!, eu aceito!, mais um pedaço bem fininho! O cara da picanha é eternamente requisitado e seu retorno só deixa de ser reivindicado quando as tigelas de sagu aterrissam na toalha.

Suponho que ganhe mais, o cara da picanha. Ele não é qualquer um. A gente logo percebe pela forma altiva com que se locomove entre as mesas, pelo olhar superior que envia para a vulgar costela.

Agora, quem é realmente desprezado pelo garçom da picanha é o cara do cupim. E não só pelo da picanha: ninguém lhe dá atenção. Ele para numa mesa. Vai perguntando: cupim?, cupim? Ninguém quer. Nunca. Uns nem se dão o trabalho de responder. Nem olham para ele. Não estou entre esses insensíveis. Sempre observo o cara do cupim. Sei que é um magoado, um humilde rechaçado, triste e perenemente esperançoso com seu cupim intacto.

O cara do cupim deve se sentir como um funcionário público. Com uma diferença: o funcionário público, por atender a toda a comunidade, devia ser o mais valorizado.

O funcionário público é quem devia ganhar mais e ter as melhores condições de trabalho. Mas não no Brasil. No Brasil, um governador ganha R$ 7 mil e as pessoas acham demais. No Brasil, economiza-se em infraestrutura e se permite o caos de serviços como o do INSS. No Brasil, o funcionário público é tratado como um fornecedor de cupim, enquanto, na verdade, ele é o da picanha.

Só que é o seguinte: mesmo que o funcionário público fosse o do cupim, mesmo assim não mereceria tal tratamento. Porque o cara do cupim também tem um coração! Eu, inclusive, confesso: não gosto muito de cupim. Prefiro picanha. Mas sempre peço cupim nos espetos-corridos, em desagravo ao cara do cupim. E, se o cara do cupim está por perto quando o da picanha chega, simplesmente recuso a picanha, por mais sumarenta que aparente. Brado:

– Não, obrigado. Prefiro cupim!

Então, noto com júbilo a decepção no rosto orgulhoso do garçom da picanha e o lume agradecido no olhar do tão sofrido cara do cupim.

A morena de Atlântida

Quando a morena aterrissava na praia, Aírton se transformava em uma alface com protetor solar. Não fazia mais nada, ficava só olhando, uma pedra de angústia enganchada no gogó.

– Vai lá! – insistia Caio. – Ela está te dando bola!

– Será?

– Eu garanto!

Caio tinha autoridade para garantir. Tratava-se de um especialista em mulheres.

Elas o adoravam. Não por possuir qualquer atributo físico especial, mas pela aragem sonhadora que o cercava. Caio parecia estar sempre distante, em alguma dimensão mais elevada. As mulheres não o compreendiam. O que as desafiava – elas passavam a querer desvendar seus segredos. Não havia segredo algum, claro, mas o interesse delas era o que bastava para a conquista. E ele as conquistava. Por isso, Aírton retesava os tímpanos quando Caio dava conselhos. Mesmo assim, faltava-lhe coragem para abordar a morena. Sempre faltava coragem a Aírton. Além do que, ela era mesmo linda como um pôr do sol. Homens e mulheres, não havia quem não reparasse na bela morena, a flanar sobre a areia. Natural que Aírton, um tímido congênito, hesitasse.

Era o terceiro dia que Aírton a via na praia. Ele e Caio tinham alugado uma casa para passar as férias em

Atlântida. Caio estava com a namorada, como sempre, e Aírton, como sempre, sozinho. No quarto dia, os três repoltreados na areia, Aírton ainda gania de paixão pela morena, observando-a de longe, quando ela se ergueu. Firmou-se nas duas pernas de ferro e seda. E veio caminhando na direção dele, fitando com firmeza seus olhos assustados. E veio e veio e veio. Aírton enrijeceu na cadeirinha de plástico. Sentiu que a garganta se lhe fechava. "Minha Nossa Senhora da Carupítia!", sussurrou. E ela vinha. E vinha. E vinha. Caio cutucou a namorada:

– Olha lá, Pati!

Pati se apoiou nos cotovelos, cheia de expectativa. Toda a praia olhava. Aírton tinha vontade de chorar. O que será que ela vai fazer?, pensava. O que será que ela quer?

A morena agora estava a um passo dele. Agachou-se. Sorriu. Disse, a voz de flauta doce:

– Me empresta as raquetes de frescobol?

Catatônico, Aírton a princípio não compreendeu. Depois de alguns segundos, finalmente conseguiu raciocinar e tartamudeou:

– Ra-ra-ra-raquete? Claro! Pó pegar. Quer só as raquetes? A bolinha não?

– Não precisa – ela agradeceu. E se foi, saltitando como uma cabrita montesa adolescente.

Enquanto ela jogava frescobol com uma amiga, Aírton suava de apreensão. Caio e Pati exultavam.

– Viu? Viu? – vibrava Caio. – Eu te disse! Ela tá na tua!

Aquela foi uma noite feliz na vida de Aírton. Ficou repetindo, até adormecer: Será? Será? Será? Depois, em sonho, sussurrava: será? Era muita felicidade. Aírton nunca tivera uma mulher como aquela. Caio, sim. Caio tivera às dezenas. Caio sabia das coisas. Era um bom amigo. Na manhã seguinte, Aírton levantou cedo. Vestiu sua melhor sunga, uma de listrinhas. Colocou uns óculos espelhados que havia ganho no Natal. E foi para a praia assobiando, Caio e Pati atrás, rindo da felicidade do amigo. Aírton decidiu que ia falar com ela e até já anunciara essa deliberação em casa. Aconselhara-se com Caio, e o amigo havia dado algumas dicas. Perfeito.

Mas a morena demorou a aparecer. Não aparecia nunca. Nesse meio tempo, Aírton perdeu a confiança em algum lugar entre o Bali Hai e a plataforma. Já estava torcendo para que ela não viesse.

– Ela não está a fim. Aquilo foi só coincidência – dizia.

Caio e Pati o repreendiam:

– A guria está te olhando há quatro dias, cara!

– Eu sou mulher e sei quando uma mulher está interessada em um homem.

– Aiaiaiaiai... Mas, tudo bem, acho que ela não vai vir mesmo...

Aírton terminou a frase, e a morena despontou detrás de um cômoro. Vinha ondulante, dentro de um saiotezinho, tão linda que chegava a doer. Aírton começou a tremer. E a rezar. Para dar mais resultado, na segunda pessoa do plural: "Dai-me forças! Por favor, dai-me forças!". Ela se acomodou na areia. Tirou o saiote, por pouco não causando um desmaio no pobre Aírton. Que decidiu fugir.

– Vou embora – anunciou, fazendo menção de se levantar. Pati e Caio o seguraram, ficaí, rapaz!

O medo transformara os ossos de Aírton em maionese. Sua boca estava seca, seus ouvidos zuniam.

– Vai lá! – insistia Caio. – Vai! Faz como nós combinamos!

– T-tá bom... – Aírton se pôs de pé, enfim.

Olhou para a morena, que se bronzeava de bruços, a alça da parte de cima do biquíni desamarrada.

– L-lá vou eu... – e se foi, caminhando como se estivesse indo para o cadafalso. Cada passo era uma dor. Ensaiara o que dizer, ia convidá-la para um churrasco na casa que ele e os amigos tinham alugado. Mas, no meio do trajeto, vacilou. Não seria ousadia excessiva? Talvez devesse ir mais devagar. Mas... dizer o quê?

Enquanto Aírton se aproximava, ela reamarrou o biquíni. Virou-se lentamente, ofuscada pelo sol. Piscou um pouco. Então, viu Aírton parado de pé ao lado dela, boquiaberto. A morena achou estranho. Era estranho.

– Oi – ela levou a mão à testa, fazendo uma viseira.

Aírton engoliu em seco. Mas, em um átimo de segundo, tomou a decisão: falaria de uma vez. Falaria tudo! Falou, rapidamente, num único fôlego:

– É que vamos fazer um churrasco lá em casa e te achei muito simpática e queria te convidar para o churrasco!

A morena sorriu. Sentou-se ereta na areia.

– Que bom! – exclamou.

O peito de Aírton pulsou de alegria. Que bom!

Ela disse que bom! Bem que o Caio falou, o Caio sabe tudo!

– Só quero saber uma coisinha – objetou ela.

Aírton arregalou os olhos. Coisinha?

– Que coisinha?

Ela abriu ainda mais o sorriso.

– Aquele teu amigo – e apontou com o queixo na direção de Caio. Aírton olhou por sobre o ombro. – Ele vai? – perguntou a morena. E acrescentou, num suspiro: – Gostaria muito que ele fosse...

Naquele instante, Aírton passou a odiar Caio. Um ódio que só aumentou. Pelo resto da vida.

Pepino em conserva

Faz alguns anos, já. A campainha tocou. Espiei pelo olho mágico. E estremeci: a loira do sétimo. Todos os meus sentidos vibraram em alerta máximo. Com mil máquinas de bronzeamento artificial, a loira do sétimo coruscava em pessoa diante da minha porta! E de minissaia, dava para ver. Ajeitei o cabelo, atarraxei no rosto aquele sorrisão sedutor. Abri a porta.

– Oin.

A loira do sétimo ergueu as mãos, e as mãos seguravam um bojudo vidro de pepinos em conserva.

– Preciso de um homem – brincou, mostrando o vidro e sorrindo com todos os seus dentes de loira.

– Ora, ora – respondi, indulgente, tomando o vidro.

Então era assim. Ela não conseguiu abrir um singelo vidro de pepinos e de quem veio buscar ajuda? Do degas aqui. Poderia bater em qualquer apartamento, poderia chamar o zelador, poderia ligar para os bombeiros.

Não! Na hora do aperto, queria um homem de verdade. Um homem que pudesse resolver suas coisinhas de mulher, sabe como é. Deixe com o papai aqui, beibe. Forcei a tampa. Mnnnnn! Dureza. Não se moveu um milímetro. Tentei de novo. Gnnmmmmm! Nada. Olhei para a loira. Ela não sorria mais. Respirei fundo. Busquei forças nos confins do meu âmago. Vamos lá! Superação!

Superação! GNMNMNNNNA! A tampa prosseguiu empacada. A loira exalou um suspiro. Enviei-lhe um sorriso amarelo. Ela continuou séria. Senti o sangue quente me inundar o rosto. Tinha de bolar um plano.

– Acho que minhas mãos estão úmidas – falei. – Vou ali pegar um guardanapo.

A ideia era ir até a cozinha e enfiar uma faca sob a tampa. Conhecedor dos ardis da culinária, sei muito bem que basta um sopro para que tampas fechadas a vácuo se abram como se estivessem no analista. Mas a loira me seguiu. Não podia me valer desse artifício. Ela ficaria decepcionada. Teria de abrir o vidro com minhas próprias mãos, usando apenas uma fatia da selvageria que reside na alma de cada homem como herança dos tempos imemoriais em que éramos feras lutando contra feras. Essas coisas. Peguei o bicho com o guardanapo e:

– GNNNnnnnaaaaaaaaAAAAAAAAAAH!!!

Não abriu. Eu suava e ofegava, vermelho, humilhado. As mulheres falam em independência. Falam em igualdade. Falam em sensibilidade. Mas tudo o que elas esperam de nós é isso: rudeza animal. O provedor. O protetor. O abridor de tampas. Resolvi que ia apelar para a faquinha. Preparei-me para dizer isso, mas, antes que pudesse abrir a boca, ela me tirou o vidro das mãos.

– Vou pedir pro vizinho do terceiro andar – disse. E se foi, deixando um rastro de gelo atrás de si.

Como me arrependo de não ter feito mais flexões no ano passado.

Ela quer um filho

Manoela queria ter um filho. Mais do que tudo na vida. Terminara com o namorado porque ele não aceitava nem sequer cogitar a ideia.

Fernando sabia disso, eles eram amigos havia muito tempo. Na verdade, Fernando sempre fora apaixonado por ela. Durante algum tempo, tentou conquistá-la. Não deu certo. Desistiu. Agora, estavam na praia, caminhando pela areia, Fernando deixando que as ondas molhassem seus pés. À noite, iam ao Planeta Atlântida – Fernando havia conseguido um camarote e a convidara. Foi quando pararam em frente ao quiosque que ele propôs:

– Nós poderíamos ter um filho juntos.

Manoela estacou:

– Tá maluco?

– Nunca falei tão sério na vida. Olha só: a gente se dá bem, estamos solteiros. Tenho vontade de ter um filho. Tu também. Temos condições de criá-lo, não precisamos casa pra isso. Por que não?

Manoela olhou para o mar. Refletiu.

– Mas eu queria ter um filho com um marido. Com o meu marido... – argumentou.

– Ora, Manoela, você já está com trinta anos, sabe como é difícil encontrar alguém legal. Quanto tempo vai demorar pra encontrar esse marido? Vamos tentar!

Manoela ficou alguns segundos em silêncio. Olhou analiticamente para Fernando. Tinha lá seus atrativos.

Além disso, gostava dele. Era uma boa pessoa. Seria um bom pai.

– Tá bom – disse, num suspiro. – Eu topo.

Fernando sentiu a felicidade lhe incendiar as orelhas. Traçaram os planos ali, de pé, na areia – teriam de ser precisos, impessoais. Sexo com finalidade de procriação. Nada mais. Sem envolvimento emocional.

– Acho que estou no meu período fértil – disse Manoela, olhando para cima, calculando os dias do mês com os dedos. – Temos que tentar hoje mesmo.

– Certo, certo – Fernando compenetrado, obediente.

– Talvez seja melhor fazermos a coisa antes de irmos ao Planeta. Depois podemos ficar cansados demais.

– Antes! Claro! Boa ideia!

– Seria importante também bebermos algo. Pra aquecer, sabe?

– Lógico, o aquecimento é fundamental.

– Então vamos ali no quiosque.

Começaram tomando caipirinhas. Duas. Manoela bebeu rapidamente. Depois pediram cerveja. Outras duas. Manoela bebia rápido mesmo. Fernando se esforçava para acompanhar.

– Agora que já estamos altos podemos tentar – sentenciou Manoela.

Fernando saltou da cadeira. Entraram no carro. Seguiram para o Motel Chamonix. No caminho, Manoela se virou para Fernando:

– Quem sabe você acaricia as minhas coxas. Pra esquentar.

Fernando tirou os olhos da estrada e os depositou sobre as coxas luzidias dela. Sentiu o coração lhe palpitar na garganta.

– Ai, meu Deus – balbuciou, levando a mão às pernas de Manoela. – Ai, meu Deus – e a mão foi se aproximando, trêmula. Havia anos que Fernando sonhava tocar naquelas pernas. – Ai, meu Deus!

E tocou. A sensação da pele macia e fria entrou pelas terminações nervosas da palma de sua mão e se espalhou pelo braço, pelo corpo todo. Fernando ficou apalpando aquelas coxas, apertando, se emocionando, dizendo ai, meu Deus, ai, meu Deus.

Até que bateu com o carro.

Nada grave, acertou a traseira de um Chevette, ninguém se machucou. Só que o dono do Chevette não gostou. Saiu do carro. Começou a discussão. Fernando dizia que pagaria tudo, que o dono não Chevette não se preocupasse. Não adiantava. Tiveram de chamar a polícia. Manoela assistia a tudo sentada no cordão da calçada, irritada. De repente, ela se levantou:

– Fernando, te encontro no Planeta.

Foi-se, deixando Fernando a murmurar mas... mas... mas...

Fernando chegou tarde ao Planeta. Levou pelo menos uma hora para encontrar Manoela. Quando encontrou, pediu, ansioso:

– Vamos agora? Vamos colocar nosso plano em ação?

– Agora, não – Manoela continuava irritada. – Agora estou cansada.

Marcaram de se encontrar na praia à tardinha, em frente à plataforma. Fernando chegou lá às cinco da tarde. Esperou. Esperou. Bebeu cerveja enquanto esperou. Ela só apareceu às sete e meia. Fernando estava meio zonzo de tanto álcool.

– Vamos? – ele gaguejou.

– Ah, Fê, daqui a pouco vai dar Papas da Língua, no Planeta... Depois, tá?

Tá. Foram para o Planeta. Papas da Língua. Fernando bebendo, olhando para Manoela tão linda, tão linda. Queria tocá-la.

– Pra aquecer! – justificava.

Ela não deixava.

– Depois – explicava. – Aqui não.

No meio da noite, Fernando se afastou, amargurado com a rejeição, mareado de tanta cerveja. Foi aí que Soraya surgiu. Uma antiga namorada. Sorridente. De minissaia. Fernando não vacilou. Avançou sobre Soraya, pensando: "Manoela... Ah, Manoela... Vamos fazer um filho, Manoela...". Acabaram no Chamonix.

Pela manhã, Fernando acordou com a boca pastosa. Olhou para o lado. Não gritou porque lhe faltou a voz. Minha Nossa Senhora, não era Manoela! Levantou-se de um pulo. Acordou Soraya.

– Temos que ir embora!– sacudiu-a. – Minha Nossa Senhora, temos que ir!

– Que houve?

– Meu filho depende disso!

Saíram. Fernando foi para a praia. Passou o resto do dia procurando por Manoela, angustiado. Ia na casa em que ela estava parando, ia de bar em bar, vasculhou a faixa de areia entre Atlântida e Xangri-lá. Encontrou-a no começo da noite de domingo, no centrinho. Correu para ela:

– Manoela! Manoela! Até que enfim! Vamos agora! Por favor! Agora! Não podemos mais perder tempo!

Manoela levou as mãos à cintura:

– O senhor lembra o que fez ontem à noite?

– Ontem?...

– Não quero que o pai do meu filho seja um tarado, um bêbado!

– Mas, Manoela, eu tinha bebido um pouco e...

– Sem-vergonha! Vou procurar outro amigo. Quem sabe o David topa fazer um filho comigo!

Girou nos calcanhares macios e se foi, marchando, levando com ela a descendência do pobre Fernando.

O nariz da mulher do Eleu

Eleu não gostava do nariz da sua mulher. Gostava de tudo nela, menos do nariz. O que bastava para incomodá-lo. Não que o nariz fosse grande; era simplesmente feio. Adunco. Como o de uma ave aziaga. No começo do namoro, ardendo nas labaredas da paixão, o nariz não o afligia tanto. Agora, não conseguia fitá-la nos olhos sem desviar o olhar um centímetro para o sul e sentir uma inquietação que o impedia de pensar em outra coisa. Lembrava das mulheres dos seus colegas. Loiras estonteantes. Siliconadas. Bronzeadas por aqueles fornos de micro-ondas gigantes. Eram autênticas mulheres de jogadores de futebol, sim, senhor! A sua, não. Loira, está certo, mas discreta em demasia, sem silicone algum, e com um nariz de caturrita.

Quando ele estava começando na carreira, podia admitir uma discreta. Mas hoje, com o sucesso lhe rendendo manchetes, a titularidade conquistada, a possibilidade de ser até goleador do campeonato, hoje ele precisava de uma mulher com narizinho de Nicole Kidman. Tinha de tomar uma atitude: tinha de dizer à sua mulher para fazer uma plástica no nariz.

Eis o problema: como falar para uma mulher que ela necessita de uma plástica no nariz? Ela vai ficar ofendida, óbvio. Vai ficar triste. Você nunca mais se recuperará com ela. Só que o casamento de Eleu não sobreviveria àquele nariz. Jesus, como abordar o assunto?

Essa angústia prosseguiu até uma segunda-feira à noite. Eleu passara o dia de folga. Os dois estavam no sofá da sala, vendo *Big Brother*. Então, entre um comercial e outro, a Luize Altenhoffen surgiu com todas as suas curvas na tela da TV.

– Troço de doido! – suspirou Eleu.

– Garanto que é tudo plástica – desdenhou a mulher.

A oportunidade! Eleu se aprumou no sofá.

– Meu bem – começou. – Diz uma coisa: se pudesse mudar algo em você, o que você mudaria?

Ela também entesou:

– Por quê?

Eleu sentiu que entrava num terreno acidentado. Era preciso ter cuidado. Muito cuidado...

– Só curiosidade...

– Você acha que preciso mudar algo?

Agora o terreno era minado. Qualquer passo em falso faria explodir os fundilhos de Eleu. Que vacilou:

– Você? Não... Não é isso... Bom, ninguém é perfeito, né?

– Em que eu não sou perfeita?

Eleu se encontrava em estado de alerta máximo. Chegara a uma encruzilhada: se ninguém é perfeito, ele teria de citar um defeito dela. Se tentasse ser genérico, falando em "vários pequenos defeitos", seria ainda pior. Ela berraria: "Vários?!?". E ficaria fula. Ou seja: ele teria de revelar qual o defeito. Olhou para ela. Aguardava a resposta muito ereta, sentada na ponta do sofá, estudando-o com toda a atenção. Eleu sabia que uma mulher, quando entra nesse estado de vigilância, fica atenta às minúcias mais reveladoras. Ele não poderia mentir. Não mentiu.

– Talvez o seu nariz – arriscou, ainda tentando ser diplomático. E, como se a ideia tivesse lhe surgido naquele instante, acrescentou: – É. Talvez o nariz.

Ela abriu a boca, encarou-o, piscante, e havia perplexidade em seu olhar.

Agarrou o nariz com os dedos da mão direita.

– Meu nariz? – balbuciou.

– É... Sei lá... Um pouco. Bem pouco. Nada que uma plástica não resolva. Se você quisesse, eu pagaria uma plástica... Mas não é nada grave, de jeito nenhum...

A mulher fitava o vazio, ainda com o nariz escondido pela mão. Em seguida, olhou para um lado e outro da sala, como se procurasse uma saída. Eleu prendeu a respiração, em expectativa. Quando ela voltou a encará-lo, havia lágrimas em seus olhos. Ele se arrependeu de imediato. Achou-se um insensível. Uma besta. Gostava tanto dela! Queria voltar atrás. Aproximou-se:

– Meu bem, eu...

Mas ela escafedeu-se correndo da sala, aos prantos. Trancou-se no banheiro e de lá só saiu tarde da madrugada, quando as sombras lhe disfarçavam as formas do nariz repudiado.

Porém, no dia seguinte, sentados à mesa do café, ela comunicou a Eleu que decidira aceitar a proposta: se submeteria à plástica. Mas com o melhor cirurgião. Eleu se deixou tomar pelo entusiasmo:

– Eu pago o melhor! Eu pago! O melhor!

Dias depois, ela aterrissou na mesa de operações do mais famoso cirurgião plástico da cidade. Saiu de lá com faixas no rosto e recomendações na cabeça.

Os dias que se sucederam foram de tensão para Eleu. Será que ficaria bom? Ou ela emergeria da cirurgia virada num Michael Jackson? Se ficasse ruim, o que ele faria? Por favor, teria de continuar casado com aquela mulher pela eternidade com qualquer nariz, mesmo que fosse o do Gerard Depardieu. Lógico: o novo nariz era responsabilidade dele, Eleu. Jesus Cristo!

Enfim, chegou o dia. As faixas seriam retiradas. O coração de Eleu se lhe cavalgava no peito. Uma faixa se foi. Outra. Mais outra. Na última... Cristo!

Ficou ótimo. Sua mulher estava linda. O nariz até se parecia com o antigo, as mudanças eram sutis, mas definitivas. Eleu sorriu, contente: agora, sim, ele tinha uma mulher que rivalizava com as dos seus colegas jogadores de futebol.

– Meu amor – gemeu ele, abraçando-a, emocionado. – Meu bem, você está linda. E fez isso por mim. Porque pedi! Faria qualquer coisa por você.

Ela ergueu as sobrancelhas:

– Qualquer coisa?

Ele riu:

– Claro. Qualquer coisa!

– Até uma cirurgia?

Eleu limpou a garganta, inquieto. Cirurgia? Haveria algo de errado com seu nariz? Bem, se houvesse, tudo bem, ele se submeteria à operação. Ela merecia. Merecia!

Abrandou a voz:

– Que cirurgia, meu bem?

– Bom, querido, existem umas técnicas de aumento do pênis que são bastante eficientes, já me informei.

Eleu sentiu o sangue empedrar nas veias. E lamentou ter desejado algum dia estar casado com uma mulher de jogador de futebol.

Daniela no Carnaval

Daniela. Linda e reservada. Discreta. Queria namorar com ela. Estou falando em namorar, não em sexo casual, algumas noites de loucuras e prazeres inenarráveis. Compromisso, manja? Andar de mãos dadas pelo shopping. Cinema. Sorvete. Essas coisas.

Mas, claro, ela nunca havia me olhado duas vezes seguidas. Tinha lá um namorado. Dizia que gostava dele. Ele, lógico, era uma besta. Por que as mulheres bonitas e interessantes namoram bestas?

Bem, tudo ia normal, Daniela com sua besta, eu, sozinho. Até chegar o Carnaval. Decidi ficar em Porto Alegre – ia trabalhar. À noite, fui assistir aos desfiles das escolas de samba. Fui apenas porque não tinha nada mais empolgante para fazer. Estava lá, meio entediado, pensando que talvez fosse melhor ter ficado em casa vendo Telecine Action, quando Daniela fez sua aparição. Foi isso que aconteceu – fez uma aparição. Ela estava no alto de um carro, era destaque da escola. Usava roupas sumárias, faiscantes, sambava equilibrada em um escarpim sem-fim e abria os braços, como se saudasse o povo, os seus súditos. Era uma rainha. Isso que ela era: uma rainha. Segui-a com os olhos, enfeitiçado. Ali, na arquibancada, decidi que precisava vê-la na dispersão. Não sabia bem o que ia fazer ou dizer, tinha vontade de me atirar aos pés dela, abraçar suas canelas macias e gritar, rouco de paixão:

– Minha rainha! Minha rainha!

Bem, talvez fizesse isso mesmo.

Rumei para a dispersão. Caminhava sofregamente, desviando das pessoas, batendo nelas, quase correndo. Cheguei lá, mas a princípio não a encontrei. Uma confusão de gente se pechando e rindo, as pessoas riem no Carnaval. Olhei, procurei, já estava desistindo, quando senti sua presença às minhas costas. Virei-me, ansioso. Ela! Imponente. Soberana. Uma rainha. Abri a boca, ia falar algo, mas fiquei indeciso. Ela, ao contrário, deu um passo na minha direção. Ficou tão perto que eu podia sentir-lhe o cheiro doce do hidratante. Nívea, acho.

– Meu namorado viajou para Florianópolis – sussurrou ela, com uma voz tão meiga que me doeu o pâncreas. – Estou furiosa e quero companhia. Quer ser minha companhia hoje?

Não acreditei. Será possível? Será que fui lambido pela língua de fogo do Espírito Santo? Balbuciei:

– Arran – queria dizer algo mais inteligente do que arran, mas não consegui.

Mesmo assim, ela entendeu:

– Então vamos.

Tomou-me a mão. Conduziu-me até o carro. No caminho, eu ia pensando: não é possível, vai acontecer algo, não tenho tanta sorte assim. Chegamos ao apartamento dela. Eu, desconfiado, sentindo o coração bater no gogó. Ela enfiou a chave na fechadura. Fiquei olhando a mãozinha girar a chave. Unhas redondas e curtas. Não gosto de mulher com unhas compridas. Uma volta para a esquerda. Duas. Ela sorriu para mim um sorriso de dentes pequenos. Bons dentes. Quem será seu dentista?

Escolheu outra chave do chaveiro, uma maior, parecia uma daquelas espigas de milho nanicas, como elas fazem aquelas espigas? A porta se abriu com um ruído. Ela sorriu de novo. Estava me viciando no sorriso dela.

Entramos.

– Vou buscar um champanhe – ela disse, armada com outro dos seus sorrisos perigosos.

Ofereci-me para abrir. Tive alguma dificuldade. É preciso ter polegares fortes para abrir champanhes. Consegui, afinal: POC!

Brindamos. Bebemos. Ela ficou bem perto de mim. Eu ofegava. Ela se aproximou mais. Mais.

Corta.

Não vou descrever todas as coisas maravilhosas que aconteceram naquele apartamento. Só revelo que acordei enrodilhado no corpo nu de Daniela e que essa é uma sensação que jamais esquecerei.

O Carnaval terminou e não encontrei Daniela outra vez. Dias depois, estava sentado no Lilliput, bebericando um chope cremoso com os amigos, e aconteceu. Lá vinha ela pela calçada. Estava com o namorado. O tal que tinha ido para Santa Catarina. Caminhavam de mãos dadas. Mais do que mãos dadas, dedos entrelaçados. Prendi a respiração. Ela me viu. Veio na minha direção, puxando o namorado. Veio. Veio. A dois metros de mim, sorriu um sorriso arrancado do mesmo lote que me hipnotizou no Carnaval.

– Tudo bem? – cumprimentou-me.

– Tudo...

O namorado me olhou, desinteressado. Continuaram caminhando. Desapareceram na esquina da Padre

Chagas. Compreendi que havia sido o instrumento de vingança de Daniela. Eu fora escolhido por ela para castigar o namorado. Talvez devesse ficar feliz. Talvez. Mas, depois de conhecer Daniela, ter provado das delícias de estar com Daniela, como ia viver sem ela? Diga: como?

A diretora

Tinha medo da Dona Eunice. Era diretora do colégio Costa e Silva, no Parque Minuano. Durona, ela. Silenciava uma sala de aula buliçosa com uma chispa de olhar. Minha mãe era professora primária e gostava da Dona Eunice.

– Mulher justa – dizia.

Ao se desquitar, minha mãe teve de largar o magistério. Salário de professora, três filhos, sabe como é. A situação ficou precária lá em casa. Nem geladeira tinha. Televisão? Luxo inconcebível. Batata frita também estava fora de questão: gasta muito óleo. A saída foi a mãe começar a vender coleções de livros da Abril Cultural. Ótimas coleções, aliás. Cevei-me à grande nelas.

Um dia, a Abril decidiu premiar seus representantes. Quem vendesse certo número de coleções concorreria a um Chevette zerinho. Uau! Um carro, na época, valia um apartamento. Cristo, era a salvação! Por algum motivo, minha mãe botou na cabeça que ia ganhar o concurso e saiu a trabalhar. Pela manhã, à tarde, à noite, fim de semana. E vendeu livro e vendeu e vendeu. Vou ganhar esse carro, repetia. Vou! Eu, cá com minhas Congas, lamentava: coitada, acha que vai ganhar só porque acha que vai ganhar. Ela, concentrada, vendendo, jurando que ia ganhar o carro.

Mas chegou o último dia e lhe faltava uma coleção para fechar a quota. Domingo, tarde da noite, minha mãe, desesperada, tomou um ônibus para o Parque Minuano, de onde havíamos nos mudado. Bateu à casa da Dona Eunice. O marido atendeu. Minha mãe ofereceu os livros. Ele não quis, mas chamou a Dona Eunice. Que também não queria. Aí minha mãe explicou:

– Esses livros são bons, sei que a senhora vai aproveitá-los bem. Mas, pela primeira vez, não vou argumentar a favor da qualidade da coleção. Peço que a senhora compre porque preciso. Com essa venda vou entrar no sorteio de um carro. E vou ganhar. Sei que vou. E vou comprar um apartamento para os meus filhos.

Dona Eunice comprou a coleção. Minha mãe participou do concurso. E, contra a minha lógica, ganhou! Foi assim que ela comprou o apartamento no IAPI e sobrou algum dinheiro e eu e meus irmãos estudamos e nos formamos cada um em sua faculdade. Nunca mais soube da Dona Eunice. Até dias atrás, quando ela me ligou para falar do bonde sobre o qual eu havia escrito sexta passada, o bonde que ficava no pátio do colégio. Falando ao telefone, lembrei que, guri, tinha medo da Dona Eunice. Mas lembrei também da coleção de livros comprada por ela. E pensei que as pessoas sempre precisam das outras pessoas e que aquelas que se dispõem a ajudar, essas fazem a diferença. São pessoas especiais.

Ou, como bem identificou um dia minha mãe, são, no mínimo, justas.

O papagaio

Conheci uma mulher com um papagaio. No início, achei que tudo bem, um papagaio é um bicho de estimação como qualquer outro, mais participativo que um peixe, certamente, e talvez menos que um cachorro. Mas não é bem assim. O papagaio era brabo. E, o pior, ciumento. Até tentei conquistá-lo. Fazia-lhe agrados, trazia-lhe bananas, que papagaio gosta de banana. Não adiantava. Ele abria as asas, furioso, e tentava me atacar. A bicada do papagaio era poderosa.

Uma vez, fui lhe fazer tiuque-tiuque e ele cravou o bico no meu dedo. Tirou sangue. Camila, esse o nome da minha namorada, Camila sempre ficava ao lado dele.

– Também, você provoca o Lourinho – dizia, alisando a cabeça verde do desgranido.

Eu odiava aquele papagaio. Não havia descanso quando estávamos no apartamento dela. O desgranido não podia nos ver juntos, se enchia de ciúmes, dava rasantes na minha direção. E me insultava. Se Camila ia para a cozinha ou estava tomando banho, ele voava até perto de mim, pousava sobre um armário, me olhava de lado e tascava:

– Cooooorno!

Cheguei a cogitar se o papagaio sabia de algo que eu não sabia. Aquele papagaio estava acabando com o meu namoro. Mas um dia... Um dia fiquei sozinho com o papagaio. Camila foi chamada às pressas no trabalho, saiu correndo e, pela primeira vez, nos encontramos a sós no apartamento, eu e o desgranido. Uma emoção intensa se espalhou pelo meu peito. Que oportunidade! Eu era maior, mais forte e contava com a inteligência humana a meu favor. Ele, ao contrário, tinha poucas rotas de fuga, um espaço limitado para se locomover e fora desprovido da sua única arma defensiva: Camila.

Minha primeira medida foi restringir a área de atuação. Fechei todas as portas de comunicação do apartamento. Ficamos na sala, eu e ele. O desgranido me olhava do alto da estante. Notei sua apreensão – pela primeira vez, via-se em desvantagem.

– Fala agora, desgranido! – desafiei-o. – Não vai falar? Não vai me provocar?

Ele, calado, ofegante. Ri. Esfreguei as mãos.

– É o teu fim, desgranido! Ela é minha, entendeu? Só minha!

Gargalhei. Minha gargalhada reboou pelas paredes da sala e arrepiou as malditas penas do papagaio. Mas não sabia bem o que fazer. Se o atirasse para fora do apartamento, ele voltaria. Devia estrangulá-lo? Sim, sim, estrangulamento era uma boa ideia. Pensei no desgranido estrebuchando em minhas mãos, cheguei a sentir o estalo seco do seu pescoço torcido por meus dedos de aço, e isso me fez feliz.

Olhei para ele. Tenho certeza que engoliu em seco, ao cruzar com meu olhar homicida. Tenho certeza! Isso também me deu prazer. Não poderia agarrá-lo com as mãos nuas, ele me bicaria selvagemente. Uma luva! Precisava arranjar uma luva. Lembrei da luva com a qual Camila pegava as panelas quentes, na cozinha.

Boa! Corri até lá, tendo o cuidado de não deixar a porta aberta. Calcei a luva. Voltei, rápido. Mas, ao entrar na sala, ué? Cadê o desgranido? Sumiu. Comecei a vasculhar a sala. Atrás do sofá, atrás da estante, atrás da televisão. Nada, nada, nada. Onde ele se meteu? Eu suava. Tremia de emoção.

Resolvi sentar um pouco e pensar. Calma. Sim. Precisava de calma. Instalei-me na poltrona. Tentei ficar confortável. Respirei fundo. Deixei o olhar voar pela sala. Esquadrinhei o ambiente. Então o vi. Sobre a mesinha de centro. Camuflado pelo verde da erva do chimarrão que eu e Camila havíamos tomado. Esperto, aquele papagaio. Não hesitei. Saltei sobre ele. Antes que pudesse dizer um có, o havia dominado. Olhei para meu rival imobilizado dentro da luva de pano. Ele sequer tentava bicá-la. Sabia que estava perdido.

– É hora de morrer – disse. Eu era o Blade Runner.

Preparei-me para a execução. Cingi seu pescoço verde. Ri de contentamento. Aí ele grasnou:

– Eu sei.

Parei. Olhei nos olhos dele. Olhos de quem sabia. Do que ele sabia? Vacilei. Será que não estava eliminando minha única fonte?

– O que você sabe? – gritei. – O quê???

Ele me encarou, desafiador. Repetiu:

– Eu sei.

Ele sabia. Era evidente que ele sabia. Desgranido! Não podia matá-lo. Não podia silenciar o único que realmente tinha informação privilegiada naquela casa. Abri a mão lentamente. Pensei que ele ia voar para o alto da estante, mas não, ficou paradinho na minha mão, me encarando. Eu olhava para ele, ele, para mim. Eu, para ele. Ele, para mim. Nesse momento, ouvi um barulho na porta.

Camila entrou. Flagrou-nos naquela situação: sentado no chão da sala, com o papagaio na minha mão. Sorriu:

– Que maravilha! Você finalmente conseguiu conquistar o Lourinho! Que amor!

Aproximou-se de nós. Ajoelhou-se ao meu lado. Pespegou-me um beijo na boca. Afagou o papagaio.

– Vou buscar um champanhe para comemorar essa nova amizade – anunciou, levantando-se e deslizando para a cozinha. Mal ela saiu da sala, o papagaio voou para o alto da estante. Pus-me de pé e fiquei olhando para ele. Lá de cima, ele me fitou com um ar debochado e, com voz debochada, gritou:

– Cooooooorno!

Eu realmente odeio aquele papagaio.

O que ela fez no Carnaval de 92

Os problemas entre Pedro e Ana começaram na semana que antecedia o Carnaval de 92. Pedro teria de ficar concentrado a partir de sábado. Na segunda-feira, ele deu os primeiros sinais de ciúmes. Não concebia a ideia de deixá-la sozinha durante a folia. As brigas foram se agravando, até que, na sexta, ela explodiu:

– Agora chega!

E saiu de casa, batendo a porta. Só voltou na Quarta-Feira de Cinzas. E voltou com um ar de mulher casta, pura, a própria candura. Pedro admitiu que havia sido um ciumento infantil, pediu perdão. Ela o perdoou. Com uma condição: que nunca mais falassem sobre o Carnaval de 92. Ele topou, continuaram juntos mais dois anos. Em 94, casaram-se. Tiveram filhos. Mais dez anos de harmonia voaram entre eles, Pedro já era um volante de algum prestígio, muito elogiado por Wianey Carlet. Aí chegou a semana do Carnaval. Ele, mais uma vez, teria de ir para a concentração. Então, na segunda, recebeu aquela ligação. Uma voz de homem, sussurrada, maliciosa:

– Eu sei o que ela fez no Carnaval de 92.

Clic. Pedro ficou com o fone na mão, perplexo. Que brincadeira era aquela? Algum tipo de chantagem? Mas, puxa, se fosse chantagem, teria de ser com ela, Ana, não com ele. Nesse caso, qual a intenção do homem que ligara? Separá-los, claro. Algum maldito invejoso. Pedro não ia entrar na jogada dele, essa é que não. Permaneceria frio, impassível. Nem falaria nada a Ana. Não se deixaria abalar. Essa era a ideia, mas Pedro não conseguia esquecer o telefonema. Até porque, no dia seguinte, o telefonema se repetiu:

– Eu sei o que ela fez no Carnaval de 92.

Não deu nem tempo de ele gritar quem fala?, quem é? O desgranido desligou. Pedro voltou para casa emburrado. Olhou para Ana. Tão tranquila. Tão meiga. Tão angelical. O que ela teria feito no Carnaval de 92? Por que se recusava a falar daqueles quatro dias? O que havia para esconder? Apesar de todas essas dúvidas, ele conseguiu se conter. Até o dia seguinte, quarta-feira, quando, logo pela manhã, o mesmo homem ligou:

– Eu sei o que ela fez no Carnaval de 92.

Era demais. Nenhum homem aguentaria. Pedro estourou. Antes mesmo de depositar o fone no gancho, gritou com Ana:

– Afinal, o que você fez no Carnaval de 92???

Ela piscou, surpresa. Tirou a mamadeira da boca do Paulinho.

– Que conversa é essa?

– Por que você não me conta? Já se passaram dez anos!

– Nós combinamos de nunca falar sobre isso.

– Mas por quê? Dez anos! Dez! Por que não falar?

– Nós combinamos!

As discussões não pararam mais. Nem as ligações. Pedro colocou um rastreador, mas os números eram de telefones públicos. Ele estava enlouquecendo de ciúme. No começo da noite de sexta, pouco antes de ele ir para a concentração, aconteceu a pior de todas as brigas. Pedro sapateava de fúria, a ponto de insultá-la. Ana interrompeu, furiosa:

– Agora chega!

E saiu, batendo a porta. Voltou na Quarta-Feira de Cinzas. E parecia um anjo de inocência. Pedro, arrependido, já sabia o que ela ia exigir no momento em que lhe foi pedir perdão. De fato, Ana impôs:

– Desde que nunca mais falemos sobre o Carnaval de 2004.

Pedro concordou. Não tocou mais no assunto. Até poucos dias atrás, às vésperas do Carnaval deste ano. Foi numa noite desta semana que o telefone tocou e ele, antes de atender, já sabia: a mesma voz, quase a mesma frase, uma única mudança:

– Eu sei o que ela fez no Carnaval de 2004.

Pedro olhou para Ana: tão meiga, tão singela, tão pura. Começou a chorar.

Chorando, o infeliz volante caminhou para a porta da rua. Abriu-a. E, soluçando, disse para a mulher:

– Vai. Vai! Te espero aqui. Até a Quarta-Feira de Cinzas.

A manta de gordura da minha mulher

Minha mulher tinha uma manta de gordura na barriga. Nunca me importei com isso. Na verdade, até achava sensual pegar naqueles pneuzinhos. Sei lá, era algo meio devasso. Mas um dia, não sei por que, disse aquilo. Não foi em tom de crítica, não foi para provocá-la, foi apenas uma constatação. Estávamos indo para a praia, olhei para ela de biquíni e comentei, casualmente:

– Você tem uma manta de gordura na barriga.

Nossa! Não esperava aquela reação. Primeiro, minha mulher estacou, a bolsa a tiracolo, os óculos escuros na testa. Ficou me encarando aparvalhada, muda, mas com a boca entreaberta, notei que ela queria falar algo. Mais: notei que eu cometera um erro. Tentei consertar:

– Mas tudo bem: eu gosto.

Não adiantou. Ela olhou para baixo. Para a manta de gordura. Quando levantou a cabeça, os olhos estavam marejados. Meu coração ficou do tamanho de uma ervilha.

Por que tinha dito aquilo? Por quê?

– Amor... – aproximei-me dela.

Ela me afastou com um gesto de mão.

– Sai! – gritou, e girou nos calcanhares e meteu-se casa adentro, chorando.

Nos dias seguintes, o clima se tornou pesado lá em casa. Minha mulher mal falava comigo. Na volta para Porto Alegre, ela permaneceu quase todo o tempo muda, no carro. Eu sabia que tinha cometido um erro, mas, pô, tinha sido tão grave assim? Já estava ficando irritado.

Na segunda à noite, ao voltar do trabalho, a encontrei com outra disposição. Parecia de bom humor. Suspirei, aliviado. A harmonia voltava ao lar, enfim. Talvez mais tarde até houvesse um pouco de sexo. Era no que eu pensava, quando ela comunicou, como que por acaso:

– Contratei um *personal*.

Engasguei-me com o picadinho de quiabo. Tossi. Tomei um pouco d'água. Olhei para ela.

– *Personal*? Como assim, *personal*?

– *Personal trainer*, ora. O Rodrigão.

– Ro... drigão?

– Isso. Ele é um amor. Já tive a primeira aula hoje de manhã.

Fiquei olhando para ela em silêncio. Ela sorria. Em seguida, pousei o olhar no prato de brócolis e mantive-o lá, entre os talos verdes. Tentei raciocinar. O que significavam todas aquelas informações? Personal. Rodrigão. Ele é um amor.

Alguma coisa importante estava acontecendo. Senti que havia perdido o controle da situação. O controle da minha vida, na verdade. Como deveria reagir? Rispidamente? Proibindo seus encontros com Rodrigão? Dizendo que não pagaria suas sessões de luxúria? Não... Ela se revoltaria. Talvez se encontrasse com Rodrigão às escondidas, a emoção de fazer algo proibido a levaria ao pecado e, aí, sim, eu estaria perdido. Que fazer? Puxa, gostava da minha mulher como ela era.

Amava-a de verdade. Quem sabe uma declaração de amor?

– Mas... querida... Você não precisa de personal. Você é tão linda.

Ela não se comoveu.

– Preciso, sim. Você tinha razão. Eu andava muito relaxada. Mas isso agora vai mudar. Tudo vai mudar.

Tudo vai mudar. Aquela frase foi um paralelepípedo atirado no meu peito. Era um aviso claro. Uma ameaça, possivelmente. Eu não queria que tudo mudasse. Queria que tudo ficasse como estava. Queria gritar: não! Não! Está tudo perfeito! Vamos voltar a ser o que éramos! Mas não podia fazer isso. Vi a decisão chamejando nos olhos dela. Diante de mim, estava uma mulher determinada. Comecei a viver no inferno. Minha mulher passava os dias falando no Rodrigão. Como o Rodrigão era maravilhoso. Como ele a estava ajudando a melhorar o condicionamento físico. Que o Rodrigão a matara, naquela aula. Que ela estava quebradinha. Que o Rodrigão às vezes era terrivelmente exigente. E, o pior de tudo, que o Rodrigão lhe fizera uma massagem... deliciosa. Deliciosa, foi essa a palavra que ela usou. Eu não aguentava mais. Aquilo ia acabar comigo. Não conseguia mais trabalhar direito. Não conseguia dormir. A sombra negra do ciúme me acompanhava onde eu estivesse. E o que me deixava ainda mais alucinado: minha mulher de fato melhorava. Estava mais bonita, mais ereta e orgulhosa, vestia-se melhor. Saíamos à rua e eu percebia os olhares famintos dos outros homens.

Maldição.

Fui ficando mais triste, a cada dia. Ia perdê-la. Sentia que ia perdê-la. Já estava me preparando para sofrer. Uma manhã, parei em frente ao espelho. Inspecionei minha silhueta. A barriguinha inevitável. Os ombros curvados. Oh, que figura patética eu era! Ela fazia bem em me deixar. Eu mesmo me deixaria, se fosse ela. Balancei a cabeça, deprimido. Foi então que ela entrou no quarto.

Flagrou-me naquela triste situação, apalpando o próprio abdômen, melancólico, suicida. Olhei para ela. Ela me olhou. Queria dizer que a amava, mas não tinha coragem. Ela ia me rejeitar, eu sabia que ia. Oh, como estava infeliz. Aí ela sorriu. Aproximou-se. Tomou meu rosto com as mãos. E disse, suave e amorosa:

– Tenho uma ideia.

A partir dali, minha vida mudou. No começo, resisti, mas depois achei melhor tentar. Tentei. Hoje sou outro homem. Graças a Rodrigão, meu *personal*. Tenho que concordar com a minha mulher: o Rodrigão é mesmo ma-ra-vi-lho-so.

Jota

Há oito dias, recebi a notícia de que um amigo estava internado no Clínicas. Câncer. Estado grave. João Sônego, seu nome. Os amigos o chamam de Jota. Jota Sônego.

Conhecidíssimo em Criciúma por sua militância no Partidão e seus muitos anos de atuação no rádio. O Jota adora rádio. Trabalhou a vida inteira na Rádio Eldorado Catarinense. Por doze vezes o demitiram devido ao hábito de falar o que lhe vem à cabeça calva, e por doze vezes o recontrataram devido à sua competência. À noite, em casa, o Jota passa ouvindo a Gaúcha. Todos os programas, até a última esquina da madrugada.

Quinta-feira, quando soube que ele fora transferido para cá, fui visitá-lo no sétimo andar do grande hospital. Reconheceu-me, mas mal conseguiu falar, tais eram as dores que o afligiam. Saí de lá pensando: já sei o que vou fazer: vou comprar um radinho de pilha para o Jota, ele ama rádio, vai se distrair um pouco. Um daqueles radinhos com fone de ouvido, para não incomodar os outros pacientes.

Decidi comprar o radinho logo na manhã seguinte. Mas precisava escrever, tinha muito o que escrever em casa, então planejei ir ao shopping no horário do almoço. Só que a gravação do *Café TVCOM* havia sido transferida para sexta. O jeito era ir depois do programa. A gravação atrasou um pouco e eu ainda não preparara a coluna de domingo. Além disso, a edição de final de semana da *Zero Hora* é a mais complicada, muito trabalho. Talvez fosse no fim da tarde. Não fui. Vou sábado pela manhã, pensei. O ideal é levar o radinho ao Jota no sábado pela manhã.

Passei a noite de sexta-feira sentindo-me levemente incomodado: o Jota estava mal, não devia tê-lo deixado um dia inteiro sem o radinho. Puxa, o radinho seria um grande consolo para ele. Não adiaria mais: a primeira coisa que faria no sábado pela manhã seria comprar o radinho e levá-lo ao Jota.

A primeira coisa que fiz no sábado pela manhã foi atender ao telefone: Jota Sônego acabara de morrer. Podia ter lhe dado atenção em seu último dia na Terra. Podia ter lhe feito aquele carinho. Um rádio a pilhas. Um simples radinho de cinquenta reais. Era comprar no shopping, levar até o Clínicas e ir embora. Não me custaria mais do que uma hora. Não o fiz. Porque tinha de escrever, porque tinha de gravar, porque tinha muita pressa e pouco tempo. Não o fiz. Já sabia disso, que o afeto não deve ser adiado. Já sabia. Porque tantas vezes deixei de dizer coisas boas a boas pessoas, porque tantas vezes posterguei uma ligação, uma visita ou um sorriso. Tantas vezes. E todas as vezes me arrependi. Por que então não levei aquele radinho para meu amigo Jota? Por quê?

Ela lia Daniel Defoe na praia

Décio estremeceu quando a viu. Ela estava sentada numa cadeirinha de plástico, sob um daqueles guarda-sóis de aluguel, de frente para o mar da praia Brava. Lia. Ele não conseguiu distinguir o que era, mas não era revista, não era jornal; era livro. Uma mulher tão jovem e tão linda lendo um livro na beira da praia. Não devia ser uma mulher comum, ah, não. Se bem que podia ser um livro de autoajuda canastrão, um Harry Potter raso, essas coisas.

Que fosse. Aquela mulher, aparentemente especial, ali, diante dele – uma oportunidade rara. Como se ele fosse o centroavante e se visse livre na marca do pênalti, o goleiro esparramado no chão, o gol aberto, a felicidade a dois metros de distância. No futebol, poucas vezes Décio experimentou essa sensação. No futebol, ele jogava nas agruras da zaga, longe das realizações da centroavância. Os centroavantes é que estavam acostumados com a felicidade. Ele, não.

Mas agora sua vez havia chegado. Décio decidiu que tinha de falar com ela.

Traçou um plano. Por sorte, viera com suas raquetes de frescobol. Sim, as raquetes de frescobol se constituíam num trunfo, naquele momento. Caminhou até a moça, não sem alguma hesitação. Estava a uns três passos, no momento em que ela recolheu a atenção do livro, levantou o queixo lentamente na sua direção e lhe untou com um olhar esverdeado. Décio sentiu a alegria e a angústia se lhe embolarem no peito, como se fossem dois gatos brigando. Teve vontade de sair correndo ou se jogar aos pés dela, não sabia qual das duas vontades era a mais forte. Preferiu manter-se nos limites da estratégia inicial.

– Pode cuidar das raquetes enquanto tomo um banho de mar? – pediu, voz de leite condensado.

– Desde que eu possa jogar depois – respondeu ela, sorrindo um sorriso que matou secas todas as tatuíras num perímetro de cinco metros.

Décio gaguejou um "claro", depositou as raquetes na areia e deslizou rapidamente para o mar. Entre um jacarezinho e outro, pensava que havia se dado bem, ah, havia, ela não teria lhe concedido aquele sorriso, nem teria sido tão simpática, nem teria pedido para usar suas raquetes, se não estivesse interessada nele. Tudo estava dando certo. Obrigado, Senhor. Na volta, o romance seria desencadeado. Talvez eles até jogassem frescobol juntos. Pena que ele não vestira aquela sunga azul, ele ficava bem melhor com a sunga azul...

Décio saiu do mar. Ajeitou com as mãos o cabelo molhado. Encolheu a barriga. Pensou que não devia ter desistido de fazer os abdominais diários. Mesmo assim, seguiu em frente com galhardia. Perto dela, sorriu seu sorriso mais requintado, um sorriso de Sean Connery. Esmerilhou a voz para dizer um oi:

– Oi.

– Oi – ela retribuiu sorrindo. Bom sinal.

– Quer jogar? – ele apontou para as raquetes deitadas na areia.

– Não, obrigada. Agora, não.

Bem, talvez ela tivesse falado que queria jogar só para ser simpática. Mas ainda havia o livro. O livro era um ponto de contato importante. O livro era decisivo.

– O que você está lendo?

Ela mostrou a capa. *Diário do ano da peste.* Daniel Defoe. Jesus-Maria-José, Décio adorava Daniel Defoe! Já lera *Moll Flanders*, já lera *Robinson Crusoé* e, o fato mais ribombante do verão, já lera o bendito *Diário do ano da peste*!

– Muito bom esse livro – comentou.

– Já leu?

– Já.

E agora? Falar o quê? Do livro, certamente. De Daniel Defoe, sua vida atribulada, os 210 volumes que escreveu, tudo! Mas Décio não falou nada. Não conseguiu se resolver sobre como introduzir a conversa. Levantou-se, tão somente, sentindo-se pusilânime. Disse tchau. Ela respondeu tchau. E ele se foi, em direção ao Bar do Pirata. Caminhou meio zonzo, com a sensação de que cometera um erro terrível. Foi assim, aturdido, que encontrou Guto. Sentiu que devia lhe contar a história. Guto sabia das coisas. Era o chefe dos garçons do Pirata. Diziam até que era centroavante, ou havia sido, em alguma grande área do passado. Guto ouviu em silêncio. Em seguida, segurou seus ombros. Sacudiu-o. Gritou:

– Foi um erro, sim! Vai lá. Volta. Fala com ela. Seja centroavante!

Centroavante, centroavante. Décio nem se despediu do Guto. Girou nos calcanhares e voltou, pensando sempre que devia ser um centroavante. Mas, ao chegar na mesma faixa de areia que a vira, sob o mesmo guarda-sol alugado, a surpresa. Que na verdade não foi surpresa alguma: ela tinha ido embora. Décio baixou a cabeça. Zagueiro. Ele não passava de um zagueiro. Dos toscos, ainda por cima. Preparou-se para ir embora, arrastando os pés na areia, como um caranguejo manco. Foi então que alguém lhe bateu no ombro. Décio se virou. Era o rapaz que alugava guarda-sóis.

– A moça me disse pra entregar isso aqui pra alguém que estivesse de sunga verde, camisa laranja, boné azul e com raquetes de frescobol na mão. Só pode ser o senhor.

E lhe entregou um livro. Daniel Defoe.

Décio abriu a capa. Na folha de rosto, um nome: Dani. E um número de telefone: 3333... Décio sorriu. Olhou para o pôr do sol. Sentiu a felicidade lhe pulsando nos lóbulos das orelhas. Às vezes, até os zagueiros se dão bem.

O diploma

Minha mãe não é virgem. Descobri isso, um dia. Foi um trauma. Jamais esquecerei aquele momento. Estava no colégio, lá no parque Minuano. Comecei a discutir com um guri. Um gordo.

No meio do bate-boca, ele berrou, em denúncia:

– Tua mãe não é mais virgem!

Estaquei, o rosto em chamas. Como é que era? Estava botando a mãe no meio? Todo mundo sabia que não se podia bater em cara de homem e botar a mãe no meio. Todo mundo sabia que mãe é sagrada. Parti para cima dele feito um tigre com dor de dente:

– Vou te quebrar ao meio, sua baleia!

Mas a turma do deixa-disso me segurou. Passei o resto da aula jurando o gordo. Encarava-o, a umas quatro carteiras de distância, apontava o indicador e rosnava:

– Te pego lá fora!

O gordo tremia. Sabia que ia enfrentar a ira de um filho afrontado. Saí atrás dele, no fim da aula. Mas o gordo conseguiu escapar. Era rápido, para um gordo. Depois, contei o caso para a mãe. E ela, cautelosa:

– Ele tem razão.

Ouvi a explicação escandalizado. Meu mundo caiu, naquele dia. Minha mãe não era virgem. Como podia uma mãe não ser virgem? Todas as mães tinham de ser virgens! Cada Dia das Mães lembro disso. Ainda não me conformei. Mãe é sagrada, pô!

Num Dia das Mães d'antanho, no tempo em que ainda se escrevia d'antanho, logo depois da minha traumática descoberta a respeito das virgindades maternas, meu pai colocou um canudo de papel nas minhas mãos:

– Dá de presente pra tua mãe.

– Que é? – perguntei.

– Um diploma de mãe!

Fiquei surpreso. Quem diria: um diploma de mãe! Não era mesmo uma boa ideia? Fui correndo entregar para ela. Sabia que a mãe estava esperando um presente de qualidade porque, horas antes, as vizinhas tinham vindo em romaria mostrar o que haviam recebido: uma camisola da Galeria Lafayette, o perfume que a Marilyn Monroe dizia ser a única coisa que usava ao dormir, um anel com pedra do tamanho da que o Richard Burton deu para a Elizabeth Taylor. Logo, tudo indicava que o diploma seria recebido com gáudio e folgança.

Encontrei a mãe penteando o cabelo, sentada à beira da cama, diante do espelho. O pai foi atrás, para ver a reação dela. Ela olhou para o canudo. Abriu-o. Putzgrila! Virou uma onça! Xingou meu pai de tudo, atirou a escova nele. A escova se partiu na porta, meu pai foi mais ágil. Saímos correndo os dois, para a segurança da rua. Olhei confuso para o pai: tinha achado o diploma de mãe tão criativo... Ele deu de ombros.

– Mulheres – explicou.

Aí entendi tudo: as mães também são mulheres.

A Loba

Essa mulher, a Loba. Sua história é espantosa. No princípio, ela não era a Loba. Era uma mulher normal, das que assistem a *Friends* e leem *Bridget Jones*. Casou-se com um nababo da cidade, um homem quase trinta anos mais velho. Viveram felizes por algum tempo, fizeram viagens, conheceram ramblas e bulevares. Ela ficou grávida. Concebeu uma linda filha de olhos aquosos e tez de leite. Tudo ia bem.

Aí o marido começou a mudar.

Açulado por maus amigos, ele passou a refocilar nos prazeres da noite porto-alegrense. Mulheres. Álcool. Loucuras. E embora a Loba fosse uma mulher desejável, o casamento soçobrou. Abandonada com uma filha pequena, ela por pouco não perdeu a razão.

Passou duas noites e dois dias chorando. No terceiro, reagiu. Deixou a filha com a mãe. Avisou que ia fazer uma viagem. Sumiu. Ninguém sabia para onde tinha ido. Ao cabo de quarenta dias, voltou mudada. Voltou transformada na Loba.

Entenda: ela era uma mulher pudica, moralista, reta como o caminho da virtude. Foi depois daquela quarentena que se tornou a Loba.

Claro, faz-se necessário ressaltar que ela não veste a pele de Loba em tempo integral. Durante o dia, trata-se de uma mãe zelosa, uma dona de casa perfeita.

Mas, assim que o sol afunda nas águas turvas do

Guaíba, dá-se a metamorfose. Ela solta os cabelos bastos, enfia-se em roupas sumárias, pinta-se agressivamente e sai. Sai todas as noites, de segunda a segunda, sem falta. Sai sozinha e sozinha chega aos bares e boates da cidade, os lugares mais conhecidos, mais frequentados. Fica lá, sentada ereta, com uma bebida na frente, olhando séria para lugar algum. Um chamariz para os homens. E os homens se aproximam, assediam-na. Caem na cilada.

A Loba em pouco tempo os cativa. Porque a Loba primeiro promete, depois negaceia. Eis o segredo. Uma mulher, quando oferece desafios a um homem, aí que ela o conquista. A Loba entrega o corpo, jamais a alma. A Loba é misteriosa, é incompreensível.

Isso corrói a sanidade mental dos homens, tortura-os e os torna presas da sua perfídia. A Loba, depois que um homem se apaixona por ela, ela o abandona, como um dia foi abandonada. Há dezenas de homens infelizes arrastando-se pela noite de Porto Alegre, vagando sem rumo pelas ruas sombrias. Vítimas da Loba. Se você vir uma mulher deslumbrante sentada sozinha numa mesa de bar, fitando o vazio, cuidado. Não se aproxime. Porque você apenas conseguirá algumas noites de sexo depravado, sexo enlouquecedor, sexo incomparável e inesquecível, porém casual. Porque você apenas irá se saciar de luxúria, antes de sofrer, sofrer, sofrer.

Visita ao bordel

Não aguentava mais aquela virgindade. A minha, digo. Mas os outros também. Éramos todos muito virgens. Angustiantemente virgens. Jamais esquecerei a frase do Languiça. Disse-a num suspiro, com um acento sonhador nas vogais:

– Quando será que vou transar com uma mulher pela primeira vez?

Ninguém riu. Ninguém debochou. Aquilo nos inquietava a todos. Éramos dramaticamente virgens. Até que um dia alguém propôs:

– Vamos a um bordel!

Ideia revolucionária. Porque não éramos adultos ainda. Estávamos naquela fase na qual o homem deseja todas as mulheres, mas nenhuma mulher o deseja. Quer dizer: as dúvidas eram várias e graves. Seríamos admitidos na tal casa de tolerância? Admitidos, como negociar com a profissional?

Negociando, como agir?

Apesar de todas as aflitivas questões, decidimos juntar dinheiro e ir ao alcouce e ver o que dava. Foi o que fizemos. Durante meses, amealhamos cruzeiros num caixa comum. Quando conseguimos uma importância razoável, marcamos a data do nosso desvirginamento.

Então, a esperada noite chegou. Na época, não refleti sobre o significado do que íamos fazer. Agora é que posso teorizar. Sei até de um documento redigido pelo rei Carlos VII em 1445. Carlos VII ganhou a coroa graças a Joana d'Arc. Naquele ano, ele enviou a seguinte ordem ao juiz de uma cidade francesa:

"Os magistrados de Castelnaudary nos expuseram que a cidade é bastante grande e populosa, que para ela afluem ou nela permanecem homens não casados, e que ela é desprovida de mulheres ou moças públicas. Pelo menos as mulheres públicas que aí estão não têm nenhum hotel onde possam ser encontradas. E por essa razão os ditos expositores decidiram construir às suas custas um hotel fora da cidade, afastado das pessoas decentes, que será chamado de bordel, onde ficarão e poderão ser encontradas essas moças".

Isto é: no século XV, um governante não apenas admitia a existência da prostituição, como a estimulava e a ordenava. Quase seiscentos anos se passaram e essa atividade continua motivando polêmicas quando o Estado tenta regulamentá-la, como ocorreu recentemente com a cartilha lançada pelo governo orientando as prostitutas.

Que homem nunca pensou em visitar um bordel? Como nós, adolescentes, nos esgueirando pela Farrapos, nos aproximando da boate soturna. Ao longe, o porteiro já nos avistou. Ficou nos olhando, de braços cruzados, e nós para ele. Fomos chegando, chegando, e aí apareceu aquele carro. Uma rural azul com as letras JM impressas na porta. Putzgrilla, o Juizado de Menores! Se havia algo que nos apavorava era o Juizado de Menores. Saímos correndo. Só paramos na Independência. Resolvemos gastar nosso dinheiro com *milk-shake* e cinema. Foi legal, estava passando *Embalos de sábado à noite.*

A feijoada

Ele não estava lá para brincadeirinhas. Ele estava lá para comer feijoada. Fei-jo-a-da, com todas as suas fermentosas consequências. Para começar, esperava que a base de frituras estivesse bem sedimentada com a adiposa e pastosa e alegremente calórica banha de porco. Que não lhe viessem com óleos de semente de girassol, que não lhe viessem com azeites virgens ou, pior, extravirgens. Banha de porco! Outra: nada de comer à francesa, nada de começar com saladinhas frugais. Mergulhou direto no charque, na linguiça, no paio despudorado. Seu lema era esse: a vida sem um pouco de fritura não vale a pena ser vivida.

Levantou-se da mesa para a segunda rodada – não era homem de se limitar a um único prato de feijoada. Ao se erguer, um brilho selvagem bailava em seu olhar.

Um brilho de quem come carne de porco. Muita carne de porco. Empunhou um prato fundo, tão profundo quanto a *Crítica da razão pura*, de Kant. Postou-se exatamente entre as porções de tiras de bacon frito e a de nacos de torresmo. Iria servir-se de ambos, claro, e em seguida cobriria o prato com o negro e espesso caldo do feijão e depois salpicaria tudo com rascante pimenta malagueta e talvez até acrescentasse farofa temperada. Sim, farofa era uma boa ideia. Porém, hesitou um instante. O que pegar primeiro?

Foi então que ela passou, linda, loira e magra, equilibrando um pires nas pequenas mãos brancas. Ela olhou-o e o admirou: tratava-se de um homem febril de vida. Um homem com apetite. Ele admirou-a também: era bela. Ela sorriu um sorriso cheio de promessas.

Ele sorriu de volta. Tudo parecia prestes a desabrochar. Mas aí ele viu. Viu: sobre o pires que ela carregava, indistintamente, havia rúcula. Rúcula! Ele se virou, revoltado. Deu-lhe as costas. Voltou para a mesa disposto a não olhá-la nunca mais. Não podia respeitar uma mulher que comia rúcula na feijoada.

74 quilos a menos

Conheci o deputado Roberto Jefferson. Ele esteve em Porto Alegre há semana e meia, e o entrevistei com exclusividade por uma hora. Depois de publicadas as duas páginas da matéria, todos me fazem a mesma pergunta: que tipo de homem ele é? Lateja feito um tumor a curiosidade das pessoas a respeito do personagem que pôs de quatro a República. Por isso vou tentar saciá-la agora. O Jefferson que vi na TV dava-me a impressão de ser uma figura ardilosa, algo agressiva, com uma vogal de malícia depois de cada vírgula. Engano. Roberto Jefferson não intimida o interlocutor. Olha nos olhos, ouve com atenção quando o outro fala, tem uma conversa fluida. Interessa-se pelo lado mundano da vida, empolga-se quando o tema são os vinhos tintos ou o refogado dos molhos, propaga seu amor pelo canto operístico, cita com entusiasmo os virtuoses da retórica. Seria companhia agradável numa mesa de bar, diante de um chope amarelo-ouro.

Fiz essa observação para alguns amigos. Vários acrescentaram:

– Todo canalha é boa-praça.

Hm. Nem todos. Já deparei com canalhas insuportáveis.

Essa humanidade que o torna próximo das pessoas, ela apareceu com maior distinção quando Jefferson se referiu ao ex-presidente Collor.

– É um homem sem afeto – definiu.

E, para ilustrar o que dizia, pediu que eu levantasse da poltrona, ofereceu-me a mão, instou:

– Me cumprimenta!

Estendi a mão. Ele permaneceu com o braço esticado e o cotovelo rijo, mantendo-me à distância.

– É assim que o Collor cumprimenta. Ele diz (fez voz de falsete): "Bom dia, deputado".

E como que lamentou:

– Nunca falava meu nome.

Ou seja: a frieza de Collor importunava Jefferson. O que mostra que ele busca a admiração de seu semelhante. Não foi por acaso que emagreceu setenta e quatro quilos. Setenta e quatro quilos!

Jefferson tirou um Lauro Quadros inteiro de dentro dele. E justamente aí surge uma pista importante para compreendê-lo, e tudo o mais que vem acontecendo no Brasil: trata-se de um ex-gordo. Não um gordo vulgar, mas um obeso de 170 quilos, mais 600 gramas que ele insiste em acrescentar sempre que fala de sua velha forma física.

A antiga gordura se tornou a grande referência da vida de Jefferson. Ele a venceu, e assim ganhou mais confiança, mais amor-próprio. E, sobretudo, mais credibilidade. As pessoas têm a tendência de não levar o gordo a sério, o gordo sente isso, e isso o abala. Talvez Jefferson nem sequer tivesse coragem de fazer as denúncias que fez, se ainda fosse gordo. Talvez. Espantoso, o Brasil está passando por uma das maiores crises políticas da sua história por causa de um regime alimentar.

O campeão de jiu-jítsu

– Tua namorada está dando bola pro campeão de jiu-jítsu.

Marcelo abriu a boca. Olhou incrédulo para o amigo Hermano. Não era possível.

– Não é possível.

– Tô te dizendo.

– A Júlia? Com o Turco?

– Tô te dizendo.

Se Hermano dizia, devia ser. Hermano era de confiança. Marcelo olhou para o canto onde o Turco se exercitava. Um monstro. Não se podia dizer que Marcelo fosse um homem pequeno, mas o Turco... puxa, uns 120 quilos de músculos de granito, quase dois metros de altura, mãos do tamanho de raquetes de tênis.

Monstro! Como reagir, se ele de fato estivesse assediando sua Júlia? Impossível confrontá-lo. Nem com arma de fogo. Havia uma lenda a respeito de um incauto que teria ameaçado o Turco com revólver. Diziam que ele mastigara o revólver do sujeito e depois cuspira as balas. Jesus! Todos sabiam que o Turco era um homicida potencial, uma máquina quebradora de ossos.

O olhar de Marcelo adejou pela academia. Onde estaria Júlia? Como se tivesse percebido a angústia do amigo, Hermano pegou em seu braço. Quase gritou:

– Olha a Júlia lá! Olha lá!

Marcelo olhou: Júlia, na esteira, caminhandinho. E sorrindo um sorriso largo, um sorriso de todos os sisos... para o Turco! E o Turco para ela! Santa-Maria-Mãe-de-Deus-rogai-por-nós-pecadores!, era verdade, então. Um profundo sentimento de amargura pendurou-se no gogó de Marcelo e ficou lá, balançando. Não queria acreditar.

Não podia. Mas já havia dois indícios: a denúncia de Hermano e a troca maliciosa de olhares. Hermano lhe dava soquinhos no braço:

– Viu só? Viu só?

Marcelo teve vontade de chorar. Mas optou pela cautela. Não tomaria nenhuma atitude. Ia tão somente observar os dois traidores. Foi o que fez. Nos dias seguintes, manteve-se alerta a qualquer centelha de movimentos da Júlia e do Turco. Volta e meia, os dois estavam juntos no bar da academia, tomando energéticos. Outras vezes, se exercitavam em aparelhos contíguos. E riam sempre, riam juntos, riam muito.

"Estarão rindo de mim?", cogitava Marcelo, para em seguida concluir, arrasado: "Só podem estar rindo de mim!". Seu único apoio era Hermano. O amigo sacudia a cabeça, quando via a Júlia e o Turco juntos:

– Pouca vergonha...

Marcelo queria morrer. Foi então que passou a sentir A Dor. Era assim que se referia à sua melancolia: A Dor. Como se fosse uma entidade. Como se tivesse CPF. Na verdade, Marcelo sempre soubera que, um dia, A Dor chegaria, tão certo como o inverno chega a cada ano. Pois não conseguia ter certeza do amor de Júlia. Ela era bonita demais, desejada demais por todos os homens.

Por que iria ficar justamente com ele? Isso com o Turco teria de acontecer algum dia.

Assim, os medos de Marcelo iam se mesclando. O medo do Turco. O medo de perder Júlia. Um cozido de covardias. Vez em quando, pensava em interpelar o Turco. Mas temia uma reação violenta do outro e o consequente fiasco diante dos amigos na academia, e desistia. Vez em quando, pensava em chamar Júlia, conversar com ela, esclarecer tudo, mas temia que ela, aí sim, o repudiasse. E desistia também.

As semanas se passavam, mas A Dor não passava. Júlia continuava com suas conversinhas com o Turco, com os risinhos, os olhares.

Até que Marcelo decidiu agir. Tomar uma atitude, era disso que precisava. Sim, senhor, ele era um homem de ação! Depois da academia, disse para Júlia que eles precisavam ter uma conversa. Combinaram de ir a um café na Padre Chagas. Mas, no caminho, dentro do carro mesmo, Marcelo não se conteve.

Declarou, impávido, pisando mais fundo no acelerador, sendo multado pelo pardal da esquina:

– Não te amo mais.

Júlia piscou:

– Quê?

– Não te amo mais. Acabou o encanto.

Júlia tonteou. Queria pedir explicações, mas que explicação poderia haver para o desamor? Sentiu que ia chorar. Antes que acontecesse, pediu para descer do carro.

Marcelo estacionou na Goethe. Ela saltou, desesperada. Vendo-a partir, Marcelo suspirou. Fiz a coisa certa, disse para si mesmo. A coisa certa. Os dias seguintes foram de sofrimento. Tanto, tanto, que Marcelo resolveu sair da academia. Afastou-se de todos.

Nunca mais ligou para nenhum dos amigos. Não queria testemunhar o novo relacionamento de Júlia com o Turco. Chorou A Dor em silêncio, à distância, sozinho. Meses depois, A Dor já bem menor, Marcelo enfim aceitou um convite dos amigos para sair.

Combinaram de se encontrar no Lilliput para um chopinho. Mal sabia ele que o pior ia lhe suceder. Chegou cedo, antes da turma. Não era mais o homem vistoso de tempos atrás. Parecia uma vírgula se arrastando pela Calçada da Fama. Chegou à região dos bares, serpenteou entre o alarido das mesinhas e então viu.

Numa mesa interna do Jazz Café, trinchando cogumelos recheados, de mãos dadas, obscenas mãos dadas, polegares enlaçados, falangetas com falangetas, lá estavam eles: Júlia e o amigo Hermano. Marcelo abriu a boca num ó de horror. Queria gritar, mas nem gritar conseguia. Fez só:

– Uh.

Só:

– Uh.

Girou nos calcanhares, foi para casa. Ainda está lá, deitado na cama, olhando para o teto, sentindo apenas A Dor, A Dor, A Dor.

Ela botou o nome dele no mel

– Vou colocar o nome do teu presidente no mel, minha filha – prometeu dona Léa.

Paulinha sorriu, aliviada. As simpatias da mãe não falhavam. Com o nome do presidente no mel, era certo que ia ganhar a promoção. E ela precisava tanto daquela promoção...

Paulinha era escriturária de um clube de futebol. Dias antes, abrira-se a vaga de secretária da presidência. Cargo bom, bom horário, bom salário. Era tudo que necessitava.

– Bota o nome dele no mel, mãe. Bota!

Dona Léa começou os preparativos. Estendeu na mesa uma toalha branca, imaculada. Sobre ela, dispôs um pequeno quadradinho de papel de seda, uma vela de cera, um potezinho de cerâmica e um vidro de mel. Tudo virgem, sem jamais ter sido usado pelo homem. Escreveu o nome da filha no alto do papel. Embaixo, sete vezes o nome do presidente: Pacheco, Pacheco, Pacheco... Gravou um Pacheco também na vela. Besuntou-a com mel. Acendeu a vela.

Paulinha chegou a sentir as vibrações positivas ali mesmo, na arejada sala do apartamento no Menino Deus. Decerto seu Pacheco já devia estar sendo influenciado pelo feitiço bom de dona Léa. Decerto...

Foi dormir estuante de otimismo. No dia seguinte, mal entrou no clube e seu Pacheco se aproximou. Fincou os cotovelos presidenciais na mesa dela.

Disse, o sorriso mole:

– Sabias que tu tens uns olhos de corça assustada?

Paulinha ficou fascinada. O encantamento já tinha dado certo! Seu Pacheco passou o dia rondando a mesa de Paulinha, desferindo-lhe sorrisos que não enviava a ninguém, tecendo comentários do tipo:

– Carimbaste muito bem esse documento, Paulinha.

A semana inteira foi assim. As atenções eram tantas e tão melequentas que até a mulher de seu Pacheco, dona Marta, reparou. Dona Marta estava sempre no clube. Diziam que dava palpites na administração e que a melhor contratação da temporada, o meia Adão Junior, fora indicado por ela. Ao esbarrar em meia dúzia de obséquios do marido para com Paulinha, dona Marta teceu um comentário meio azedo a respeito dos "elogios exagerados que umas e outras têm recebido". Paulinha ouviu, mas não se importou. Só pensava na promoção. Um dia, ao fim da tarde, seu Pacheco encostou a barriga veneranda na borda da mesa dela:

– Paulinha, eu gostaria de conversar contigo.

Paulinha sorriu: era chegada a hora da promoção!

– Pois não, seu Pacheco.

– Mas não aqui. É assunto reservado. Pode ser no restaurante do estádio? Podíamos tomar um café...

Não havia dúvida. A promoção chegava, veloz como um ponta de ofício. Meia hora depois, estavam sentados cada um com uma caneca de café nas mãos, o chantili desbordando, molhando-lhes os dedos. Seu Pacheco decidiu ir direto ao ponto:

– Vou direto ao ponto.

Mas não disse mais nada. Ficou encarando Paulinha, vacilante, a boca entreaberta. Paulinha levantou as sobrancelhas.

– Bom – continuou ele, tomando fôlego. – É que... te amo.

Paulinha arregalou os olhos. Quase caiu da cadeira. Primeiro, não acreditou. É uma brincadeira? Não era brincadeira. Seu Pacheco havia tomado as mãos dela nas suas. Repetia, baixinho:

– Te amo, te amo, te amo, te amo, te amo, te amo, te amo...

Paulinha olhou para os lados, aflita. Será que alguém no restaurante estava vendo a cena?

– Seu Pacheco. Que é isso, seu Pacheco?

– Te amo, te amo, te amo, te amo, te amo, te amo, te amo...

Foi com grande dificuldade que Paulinha conseguiu se desvencilhar de todas aquelas declarações de amor e tomar um táxi para casa. Os dias seguintes foram horríveis. Seu Pacheco a seguia por todos os desvãos do clube, repetindo te amo, te amo, te amo como se estivesse programado. Dona Marta espetava olhares desconfiados em Paulinha. A situação ficava insustentável. Uma tarde, ela não aguentou mais. Quando seu Pacheco se aproximou pela décima vez, Paulinha explodiu:

– Seu Pacheco, na verdade o senhor não está apaixonado por mim. Foi o mel, seu Pacheco! Minha mãe colocou seu nome no mel pra eu ganhar aquela promoção. O mel, seu Pacheco!

Ele estacou, perplexo:

– Mel?

– É. O mel!

Seu Pacheco olhou para o teto. Parecia refletir. Paulinha suspirou. Será que o homem enfim tinha compreendido? Mas ele lhe tomou as duas mãos. Balbuciou:

– Meu mel. Meu mal. Estou a mil.

Paulinha teve vontade de chorar. Girou nos calcanhares, saiu correndo. Seu Pacheco foi atrás, mugindo: meu mel, meu mal, estou a mil... Em casa, ela correu para a mãe.

– Deu tudo errado! Seu Pacheco se apaixonou por mim, está me perseguindo, a mulher dele está desconfiada, não ganhei a promoção, minha vida está um inferno!

A mãe coçava o queixo, preocupada:

– E agora? Não sei desfazer a simpatia...

– Já sei, mãe! – Paulinha deu um tapa na testa suada. – A mulher dele! Bota o nome da mulher dele no mel. Ele vai voltar a ficar apaixonado por ela!

Dona Léa apertou os lábios:

– Será?...

Acatou o pedido da filha. Lá se foi o nome de dona Marta para o mel. Paulinha enfiou-se sob os lençóis rezando: tem que dar certo, tem que dar!

No dia seguinte, foi para o clube vestida como um gurizinho: rabo de cavalo, tênis, abrigo, moletom. Chegou ao escritório e as primeiras duas pessoas que viu foram, exatamente, dona Marta e seu Pacheco. Os dois conversavam. Dona Marta olhava para ela. Paulinha achou bom sinal. Sentou-se. Começou a trabalhar, cabeça baixa.

Com o canto dos olhos, viu dona Marta se aproximar. A mulher do chefe parou no bebedouro, engoliu um pouco d'água. Em seguida, andou até a mesa de Paulinha. Parou. Paulinha levantou a cabeça, nervosa. Dona Marta sorria. Debruçou-se na mesa. Disse:

– Sabias, Paulinha, que tu tens uns olhos de corça assustada?

O último homem sério

– É verdade que você deixaria sua família por mim?

Sílvio ficou paralisado. Sentiu as rótulas virando patê. Os ouvidos zunindo. Como ela descobrira que ele vivia dizendo aquilo? Começou a gaguejar. Eu, ahn...

Ela o perturbava. Pudera: tratava-se de uma morena exuberante. Opulenta. Do tipo italiano, tudo grande e tudo no lugar. Ela piscou os grandes olhos, fez um pequeno biquinho com a grande boca. Miou:

– Deixaria?...

Sílvio estremeceu. Gostava de sua mulher. Gostava dos filhos. Era um homem sério. Dizia sempre:

– Sou o último homem sério do planeta.

E, puxa, fizera uma brincadeira! Apenas comentava com os amigos, quando a via flutuar pelo escritório:

– Por essa italiana, abandono a família!

Ela fez voar os dedinhos até o ombro dele. Tocou-o.

– Responde – pediu, a voz de licor de cassis.

Cristo! Sílvio sacou toda a coragem que juntara na vesícula (era lá que juntava coragem):

– P-por que você quer saber? – precisava descobrir se ela não estava caçoando dele.

O sorriso dela se alargou. A voz fervente nos esses:

– Ressssponde...

E agora? Sílvio possuía um lar e a fama de homem sério, o último. Era um conservador, jamais traíra a mulher, tinham-no como marido exemplar. Não havia quem não o visse como chefe de família ideal. Falavam nele, alguém logo observava:

– Um homem sério...

Seu único deslize fora a brincadeira sobre deixar a família.

Resultado: a italiana oferecendo-lhe prazeres inenarráveis. Sílvio a avaliou: um fruto pronto para ser colhido. Estava no melhor momento. Estava suntuosa. Precisava ser usufruída logo. Porque em alguns anos se tornaria uma matrona de carnes fartas. Ainda desejável, sim, mas já apartada dos tempos de glória.

Só que havia a família. Sílvio pensou nos filhos a correr pelo apartamento, na esposa lhe preparando massa com sardinha, e decidiu: vou dizer que deixo a família! Vou! Ela vai me arrastar para um fim de semana de pecado, talvez me use por um mês, que seja, vou cometer uma loucura na vida, uma única loucura, e se, depois de ser abandonado pela italiana, minha esposa não me quiser mais, não importa, terei um momento louco e lindo! Sim!

– Verdade! – confessou, rouco. – Largo tudo por ti!

Então, foi rápido. O sorriso dela se desfez e um ricto enojado lhe vincou o rosto e ela o encarou como se quisesse lhe cuspir e foi quase cuspindo que rosnou:

– Eu sabia! Nenhum homem presta mesmo!

Deu-lhe as costas, por fim, e se afastou, revoltada, deixando os pedaços do último homem sério ali, espalhados pelo chão.

O duelo

Adri era a única. Não havia outra mulher no clube. Trabalhava como secretária há dois anos e há dois anos se sentia uma rainha. Os jogadores, os membros da comissão técnica, os funcionários, o vendedor de churros, todos a paparicavam. Tudo o que ela fazia era assunto.

– Me disseram que a Adri tem um namorado. Polícia Federal. Uma fera.

– Encontrei a Adri na praia. De biquíni. Meu Deus.

No clube, Adri se vestia com a discrição de uma bibliotecária evangélica. Saias abaixo dos joelhos, decote nenhum, o cabelo loiro sempre preso. Não se aproximava de ninguém. Ao contrário: quando podia, maltratava um. Adorava deixar os homens constrangidos. Adorava espezinhá-los. E tinha à sua disposição material suficiente para isso. Porque, ao mesmo tempo que a veneravam, eles todos a temiam. Bastava-lhe disparar um olhar de través para que o mais viril dos zagueiros corasse feito uma bandeirante. Adri reinava absoluta. Até surgir Lili. Lili era o tipo de mulher feita para o sexo. Uma morena de pele macia, olhos doces e boca carnuda. Aliás, em tudo carnuda. Entrou também como secretária. Bilíngue. Anunciou, ao chegar, voz de edredom:

– Sou bilíngue.

Os homens ao redor se arrepiaram.

– Ela é bilíngue... – repetiu o preparador de goleiros, com ar sonhador.

Daquele dia em diante, Lili se tornou o tema preferido no clube.

– Viu o decote da Lili?

– E as calças dela? Como podem ser tão justas? Será que ela respira direito dentro daquilo?

Ninguém mais falava em Adri. Pior: estavam perdendo a antiga reverência. Um dia, Neves, o centroavante reserva, teve o atrevimento de não ficar envergonhado, depois de uma descompostura que ela lhe passou. Um reserva! E o Neves, a quem estava acostumada a humilhar. Tinha de fazer algo.

No dia seguinte, foi trabalhar com a mais curta minissaia que já vestira em horário comercial. Ao passar pelos jogadores, percebeu que surtira efeito. Primeiro, eles silenciaram, mas, assim que ela se distanciou três metros, pôde ouvir o zum-zum dos cochichos. Adri entrou satisfeita no escritório, sentou-se e olhou para a rival, do outro lado da sala. Naquele momento, o centroavante Bentinho, maior estrela do time, chegava para pedir algo a Lili. Ela lhe estendeu um pote de plástico:

– Olha o papo de anjo que fiz pra ti e pros outros meninos...

Bentinho sorriu o sorriso mole dos homens arrebatados:

– Tu és um amor mesmo, Lili...

Adri não acreditava. Papo de anjo! Mas ela ainda tinha suas armas. Durante a noite, fincou as chinelas diante do fogão e de lá tirou sua especialidade: o insuperável, o único... *cheesecake* de amora! Pela manhã, ingressou no escritório com uma olorosa travessa nos braços. Bentinho ia ter uma surpresa, pensou, sorridente. Mas o sorriso se estilhaçou quando avistou Lili: a mocreia vestia uma minissaia que não era uma minissaia; era um cinto. Os tarados em volta, paparicando-a: Lilililililililili! Por favor, as pernas dela, Adri, eram muito mais bonitas do que aqueles dois troncos gorduchos! Adri aproximou-se do grupo. Bateu no ombro do centroavante.

– Bentinho, querido, trouxe um *cheesecake* pra vocês – miou.

– Xis o quê? – Bentinho mal se virou. – Ah, Adri, eu gosto mesmo é de xis bacon.

Foi um dos piores dias da vida de Adri. Olhava para a vaca de minissaia e sentia um travo de amargura na língua. Tinha vontade de grampear o nariz empinado dela, aquilo só podia ser plástica. Mas ia contra-atacar. Viria seminua. Seminua!

Não é que veio? No meio da manhã seguinte, Adri entrou no clube ondulando dentro de um vestido sumário, pernas e costas desnudas. O treino parou. O que estava acontecendo? Mas ficaram estupefatos mesmo no instante em que ela estacou sobre os escarpins e acenou:

– Tudo bom, Bentinhozinho, querido?

Os jogadores olharam para ele. Bentinhozinho? O centroavante encolheu os ombros. Não entendia um *catzo*. Enquanto serpenteava para o escritório, Adri percebeu que a outra vira a cena, pela janela. Vai cacarejar de inveja, calculou. De fato, assim que Adri irrompeu no escritório, Lili a avaliou de cima a baixo. Um olhar crítico, sim, mas também de dor. Lili passou o dia amuada. Só foi falar algo ao ir para casa.

– Amanhã nos vemos – disse.

E se foi, bufando. No dia seguinte, Lili apareceu com um shortinho de nada, as bochechas das nádegas gloriosamente expostas. Chamou Bentinho para um canto, ciciou-lhe segredos, ele sentia o hálito dela no lóbulo da orelha. Os outros jogadores batiam com a cabeça nas paredes, Adri rosnava. E passou a ser assim: a cada dia, uma delas surgia com uma roupa mais ousada; a cada dia, Bentinho era mais assediado.

Lili foi a primeira a convidá-lo para sair. Uma noite louca. Louca! Um dia depois, Adri resolveu provar que era mais fêmea que Lili. Preparou um jantar para Bentinho. O centroavante chegou ao clube extenuado, no meio da manhã. As noitadas se repetiam, as roupas delas diminuíam, os jogadores uivavam quando uma delas passava por perto. Bentinho começou a faltar aos treinos, a perder gols. Acabou na reserva. Então, elas o largaram. Primeiro Lili, depois Adri. Quem ia querer um reserva? Bentinho ficou aos pedaços pela grande área. Não conseguia pensar em mais nada, só nas secretárias, as secretárias. Virou um trapo de chuteiras.

Neves assumiu a posição, passou a marcar seus golzinhos, a torcida já gritava seu nome. E, uma tarde, Adri acenou para ele, da lateral do gramado:

– Vem cá, Nevinho querido...

Neves parou no meio do campo. Olhou para ela. Uma ameaça, um perigo, isso é o que ela era. Se fosse, até sabia que sua carreira correria um risco grave. Neves coçou a cabeça, olhou para os lados, para os colegas que o encaravam, perplexos, e começou caminhar na direção dela. Caminhou balançando a cabeça, pensando no exemplo de Bentinho, sabendo o que iria lhe acontecer a seguir. Suspirou, o pobre Neves, e disse com sabedoria, de si para si:

– É dura a vida do centroavante.

A caixa do super

Tem uma caixa no supermercado aonde vou, ali na Getúlio, que, puxa, ela é extraordinária, aquela caixa. Tempos atrás, lá estava eu, empurrando carrinho, e entrei na fila dela. Não havia me preparado para o que aconteceria em seguida. Tinha um casal na minha frente. Eles começaram a colocar as compras na esteira, e a caixa, concentradíssima, apanhava uma, registrava, passava para o empacotador, tudo muito rápido, sem falhas, um processo mecânico perfeito, o apitinho da máquina registradora soando feito um alarme: pi, pi, pi, pi! Quando o casal chegou à derradeira caixa de sucrilhos, ela já havia registrado tudo, impávida.

Fiquei espantado com a eficiência dela, mas creditei sua velocidade à lerdeza do casal. Eu tirava as minhas compras do carrinho com muito mais rapidez, eu era muito mais ágil. Com os anos de experiência em supermercados de toda a cidade, nunca uma caixa havia me superado. Ela ia ver só.

Minha vez chegou. Olhei para ela, desafiador. Ela me devolveu um olhar plácido:

– O senhor encontrou tudo que desejava?

Sorri. Respondi que sim. Mas ela não ia me abrandar com gentilezas. Antes de começarmos, estabeleci uma estratégia: tiraria primeiro as mercadorias pequenas, as manteigas, os embutidos, isso aos pares, a fim de cansá-la. Só depois atacaria com os pacotes grandes de papel higiênico, as garrafas de vinho, essas coisas.

Lá fui eu: tirava as compras do carrinho, tirava, tirava, tirava, rápido, um The Flash do comércio mercadista, e ela pi, pi, pi, pi!, ela era veloz, ela era boa, ela me acompanhava com bravura, mas eu não ia desistir, ah, não ia, eu acelerei, já estava suando, já estava nas latas de ervilha, de leite em pó, passei para os volumes médios, senti que ia vencê-la, que ela estava ficando para trás, conseguira colocar pelo menos duas compras na frente dela, alcancei a fase dos grandes pacotes e mantive minha vantagem, lá me fui e me fui e me fui cheio de energia, ela não ia me pegar, não ia!, vitória, enfim, vitória!, mas foi aí que, oh, percebi que o bacon defumado rolara para o fundo do carrinho. O bacon defumado! Ele não tinha de estar ali, ele já devia ter sido registrado! E estava longe demais... Tive de me deslocar para pegá-lo, e a caixa, pi, pi, registrou as últimas mercadorias. Quando passei-lhe o bacon ela me enviou um sorriso malicioso, superior. Maldição. Fui embora frustrado, mas não desisti. Eu voltarei. Semana que vem tem rancho.

Ela que me aguarde.

Então ela fez aquela pergunta

– Querido... Eu estava pensando...

Gabriel não levantou os olhos da coluna do Wianey. Estava preocupado com a situação do Grêmio, tentava entender o que acontecia com seu time, descobrir se iria mesmo ser rebaixado para a segunda divisão, e talvez a análise percuciente do Wianey o ajudasse. Além disso, ela estava sempre pensando. Limitou-se a grunhir um hm.

– Hm.

Neca prosseguiu, falando devagar:

– Se eu te traísse, gostaria que te contasse?

Opa. Alarmes de perigo começaram a soar e piscar em todos os setores do cérebro de Gabriel. Decidiu interromper o parágrafo no qual o Wianey pedia que o Grêmio escalasse quatro volantes. Olhou para ela:

– Que história é essa?

– Uma suposição – ela examinava as unhas. – Você gostaria?... Que te contasse?

Gabriel se mexeu na cadeira, inquieto. Agora prestava total atenção na mulher. O Grêmio que se virasse sem ele.

– Gostaria. Claro.

– Hmmm... – Neca abraçou os próprios joelhos. – E ficaria brabo? Agressivo? Ia terminar comigo?

Gabriel se pôs ereto na poltrona, os sentidos em alerta, o coração acelerado como se ele estivesse dando um *sprint*. Uma mulher não fazia uma pergunta daquelas em vão, disso sabia. Ela podia estar pensando em cometer adultério, ou, o horror!, o horror!, já ter cometido. Nesse caso, estava avaliando qual seria a reação dele para decidir se contava ou não. Se Gabriel dissesse que reagiria com violência, ela ficaria assustada e não contaria. E ele, lógico, queria saber a verdade. Ou seja: precisava ser todo mansidão.

Mansidão. No mesmo instante em que pensou naquela palavra, se arrependeu. Não devia usá-la. Nem em pensamento. Pacífico era melhor. Isso: ele deveria parecer pacífico, ciciar suavemente não minha querida, que é isso, imagina se eu faria algo contra ti, de jeito nenhum, eu te ouviria, saberia interpretar tuas razões e te entenderia, minha gatinha.

Perfeito. Aí ela se abriria. Contaria o que já fez, a desgraçada! Como o traiu. Como o transformou num... (Gabriel sentiu os olhos marejados só de fazer perpassar a palavra por suas células cinzentas)... um... um... CORNO! Corno, corno, corno. A palavra maldita fazia formigar seu cérebro. Lembrou-se daquela poesia portuguesa que decorou no tempo de faculdade:

Não lamentes, Alcino, o teu estado,
Corno tem sido muita gente boa;
Cornissimos fidalgos tem Lisboa,
Milhões de vezes cornos têm reinado.
Siqueu foi corno, e corno de um soldado:
Marco Antônio por corno perdeu a coroa;
Anfitrião com toda a sua proa
Na Fábula não passa por honrado;

Um rei Fernando foi cabrão famoso
(Segundo a antiga letra da gazeta)
E entre mil cornos expirou vaidoso;
Tudo no mundo é sujeito à greta:
Não fiques mais, Alcino, duvidoso
Que isso de ser corno é tudo peta.

O poeta tentava consolar o Alcino. Dizia-lhe que a cornice não é tão vergonhosa assim. Mas é. É! Gabriel sabia que era. Alcino. Alce. Galharia. Não, ele não queria ser um Alcino. Pelo menos não um manso. Ciente da cornice, agiria. Tomaria suas providências. Sim, senhor! Prepare-se, maldita infiel! Abriu a boca. Ia falar. Ela o fitava da outra poltrona e uma aragem de inocência como que soprava dela. Gabriel articulou a primeira palavra, o primeiro "é" foi saindo. E então parou.

Coçou o queixo. E se ela ainda não o tivesse traído? Cristo! Se ela ainda não o tivesse traído, uma declaração pacífica seria o mesmo que autorizar a traição! Evidente! Ela pensaria: ele aceita bem o par de chifres que vou atarraxar na testa dele, então, tudo bem, vou ligar para o Paulão. Jesus Cristo! O jeito era dizer que a mataria, se descobrisse a infidelidade. Mataria a ela e ao cachorro corruptor de mulheres casadas. Claro! Com essa espada pendendo sobre sua cabeça, ela hesitaria muito em trair. Pensaria mil vezes. Desistiria. De medo, a cachorra!

Gabriel encheu-se de ira santa. Estava prestes a berrar: eu mato, eu mato! Mas a ideia de que a traição já tivesse sido consumada voltou à sua mente. Gritando eu mato, impediria a confissão dela. Gabriel não sabia mais o que fazer. Olhava aflito para Neca. Ela continuava a encará-lo, curiosa. Ele suava. Pacífico? Ou violento? Ela já traiu? Ou vai trair? Gabriel sentia vontade de chorar. O que fazer? Qual a saída? Olhou para cima, para o lustre meio encardido, tinha que mandar a faxineira lavar aquele lustre, olhou para cima e fez uma oração silenciosa, uma súplica desesperada:

"Meu Deus, meu Deus, qual é a saída???".

Aí se lembrou do Grêmio novamente. E a luz do entendimento brilhou na sua fronte, feito a língua de fogo do Espírito Santo, e ele compreendeu: não havia saída. Nem para ele, nem para o Grêmio. Naquele momento, Gabriel entendeu, enfim, que ele e o Grêmio já estavam rebaixados. Miseravelmente rebaixados.

O mil-folhas

Um mil-folhas! Há quanto tempo Renata não via um mil-folhas! E agora lhe aparecia um ali, no lugar mais improvável, o árido bar da firma, reino dos rissoles sebosos. Parou para contemplá-lo. Luzia na estante de vidro. As lâminas de massa folhada, bem fininhas, pareciam novas e crocantes. O creme desbordava de cada camada, generoso, elevando-o a quatro dedos de altura. E, por cima de tudo, a sólida capa de açúcar da espessura perfeita: nada maior do que uma moeda de cinquenta centavos. Decidiu: vou comê-lo! Sussurrou, voz rouca de volúpia:

– Vou comê-lo todjjiinho!

Sorriu, antegozando o prazer. Chegou a sentir a massa sequinha quebrando-se entre os dentes, a baunilha cremosa enchendo-lhe a boca. Teve vontade de fazer mn. Fez:

– Mn...

Então se lembrou das calorias. Quantas devia ter um mil-folhas pedaçudo daqueles? Renata examinou-o: pura manteiga e açúcar. Seiscentas, pelo menos. Uma bomba!

Sentiu a gordura se espalhando pelo abdômen e, o horror!, intumescendo-lhe as nádegas. Não! Tinha uma festa no sábado e ansiava por colocar o vestido branco justo que comprara há seis meses. Estava quase no peso ideal, dois quilos acima. Não botaria tudo a perder por um mil-folhas.

Desistiu.

Saiu resoluta da frente do balcão e marchou para o escritório. Tomara a decisão acertada. Autocontrole. Equilíbrio. Era dona da própria vontade. Era dona do próprio corpo. Um corpo esguio, atraente. Sim. Sentou-se. Suspirou. Mil-folhas, veja só. Quando tivera seu último mil-folhas? Fitou o teto. No tempo do colégio, talvez. Bons tempos. Tempos irresponsáveis. Tempos lipídicos. Não existia nem Coca diet. Quantos anos? Muitos...

Renata franziu a testa. Tantos anos sem um único mil-folhas, tantos anos de sacrifício, de chicórias, de peitinho de frango, tudo isso não seria o suficiente para lhe permitir um só mil-folhas? Um só? Seria! Levantou-se, resoluta.

Sorriu. A alegria queimou seu peito. Em um segundo, corria, pensando no creme apetitoso, nas plaquinhas delicadas de prazer. Ria. Gargalhava, quase, a saliva brotando dos carrinhos. Chegou ao bar. Debruçou-se no balcão. Olhou para a vitrine e... cadê?

– Cadê o mil-folhas??? – gritou.

A atendente apontou com a cabeça para um canto do bar. Lá estava Tati, magérrima, elegante, bronzeada, cobiçada por todos os homens do escritório, desferindo uma dentada no mil-folhas. No mil-folhas dela, Renata! Magra daquele jeito, comendo um mil-folhas sem culpa. As lágrimas turvaram a visão de Renata. Não era justo! Deu dois passos na direção da magricela. Empurrou-a com gana, bateu no braço de graveto que segurava o mil-folhas, o mil-folhas voou, esparramou-se no chão. Tati virou-se, perplexa:

– Quê?...

Renata lançou-lhe um olhar de ódio. Soluçou um "te odeio". E correu para o banheiro, chorando sua dor.

Mulheres perigosas

Ela tem os olhos de um verde que não existe. Uma dessas mulheres que podem destruir um homem. Uma dessas de quem é melhor manter distância. Assim devia ser Laura de Sade, suponho. À primeira hora de uma Sexta-Feira Santa, 6 de abril de 1327, na igreja de Santa Clara, em Avignon, o poeta Petrarca a conheceu. E foi fulminado pela paixão. Passou a compor versos para ela, e esses versos o tornaram imortal. O problema é que Laura não o amava. Era casada com um certo conde Hugues de Sade, parente longínquo do marquês que, quatro séculos depois, se tornaria famoso por suas rascantes aventuras sexuais. Laura deu uma dúzia de filhos ao conde e desprezo ao poeta. Durante 21 anos, Petrarca escreveu poemas para conquistá-la.

Não conseguiu, mas dessa forma desencadeou o Renascimento italiano e mudou a história do mundo ocidental. Em 1348, na mesma cidade de Avignon, na mesma primeira hora de um mesmo 6 de abril, na mesma igreja de Santa Clara, Petrarca velou o cadáver de sua amada.

A centelha de seu amor enfim se extinguiu. Naquele momento, o pai do Renascimento compreendeu o quanto sofrera por Laura. E o quanto devia a ela.

Mais ou menos naquela época, em circunstâncias bastante semelhantes, Boccaccio viu pela primeira vez Maria d'Aquino, uma mulher que, imagino, também devia possuir algo dessa que tem os olhos de um verde que não existe. Não por ser ela, como diziam, a mulher mais leviana de Nápoles, mas pelo perigo que representava para a serenidade da alma de um homem.

Enfeitiçado, Boccaccio a chamava de Fiammetta – Pequena Chama. Queria, mais do que tudo, se ver consumido por suas labaredas. De alguma forma, foi mais feliz que Petrarca. De alguma forma, foi mais infeliz. Pois que, durante cinco anos, Boccaccio cercou a Pequena Chama, ofertou-lhe o seu amor. Mas ela o rechaçava, distraída que estava com cavalheiros de bolsa mais bem fornida. Finalmente, Boccaccio conseguiu.

Por um ano inteiro, ela satisfez os desejos dele. Mas tudo um dia acaba, o dinheiro de Boccaccio acabou e, coincidência, o amor da Pequena Chama apagou-se também.

Boccaccio sofreu com o abandono da Fiammetta. Por causa dela emitiu o célebre e preciso conceito de que "la donna è mobile", por causa dela sua própria chama quase se extinguiu. Mas Boccaccio sobreviveu e sua obra continua viva pelos séculos. Que vida infeliz tiveram esses dois, Petrarca e Boccaccio, devido aos encantos de mulheres como essa que tem os olhos de um verde que não existe. Muito melhor se manter a uma distância segura. Muito melhor.

A mãe que decidiu morrer

A mãe de uma amiga minha decidiu morrer. Já estava com quase noventa anos, tinha feito de tudo na vida, sentia-se cansada. Melhor morrer. Menos cansativo. Mais prático. Mas não queria dar trabalho a ninguém, nada de incomodar os filhos. O ideal seria deixar tudo pago e pronto. Consultou seu extrato bancário. Reunira economias suficientes para providenciar uma boa morte. Ligou para o crematório:

– Moço, eu gostaria de me cremar.

– A senhora mesmo ou a algum ente querido?

O pessoal de funerária gosta de falar ente.

– Eu mesma. Quanto é que custa? Não sou muito grande, acho que vocês não vão gastar muita lenha comigo. É lenha que vocês usam? Preferia ser cremada a lenha.

– É a gás.

– Hmm. Está bem. Acho que não tem problema.

– E para quando será... o... óbito?

Falam muito óbito também.

– Meu óbito? Pretendo falecer daqui uns vinte, trinta dias. Pode ter aumento de preço até lá?

– Com esse tarifaço do governo, tudo é possível, minha senhora.

Assim, a mãe da minha amiga acertou todos os detalhes, da coroa de flores à encomendação do corpo.

Resolveu, então, comunicar sua deliberação à filha. Que ouviu com atenção e, depois de pensar alguns segundos, ponderou:

– Mas, mãe, pra que morrer justo durante as festas de fim de ano? Vai ser um estresse, gente chorando, vai estragar o réveillon. Por que a senhora não deixa pra morrer em abril ou maio? Aí tem até a vantagem de escapar do inverno. A senhora pode aproveitar bem o verão, olha esses dias tão bonitos, a temperatura amena, dizem que as praias estão lindas nessa temporada...

A velha senhora pôs-se a pensar. Era um argumento cordato. Imaginou a orla, o ruído relaxante das ondas, chegou a sentir na boca veneranda o gosto de milho verde assado, ela adorava milho verde assado.

Talvez a filha tivesse razão... No dia seguinte, procurou-a outra vez.

– Não vou morrer mais – informou. – Em vez de me cremar, vou pegar o dinheiro e ir pra Arroio do Sal.

Foi o que fez. Deve estar lá agora, usufruindo dos prazeres do Litoral Norte. São as prodigalidades do verão. O verão é de fato a mais bela e alegre e, sobretudo, a mais viva das estações.

Eles preferem as loiras

Ela se virou de lado. Assestou a orelha no travesseiro. E miou, sorridente:

– Amanhã é seu aniversário...

Ele apenas sorriu de volta, modesto: era. Ela continuou, rouca:

– Pode pedir o que quiser...

Ele arregalou os olhos.

– O que eu quiser?

Ela, lambendo os lábios, a malícia faiscando nas bordas das pupilas:

– Arran...

Ele sentou na cama, apoiando-se nos cotovelos:

– Tudo mesmo?

– Tudo. Tudinho... – disse: tudjinho, com dê e jota.

Ele olhou para o gesso do teto, sonhador:

– Quero que você seja loira!

Ela arregalou os olhos. Sentou-se também.

– Lo-loira? – gaguejou. – Quer... que pinte o cabelo?

– Isso! – Estava ereto, agora. Esfregava as mãos. – Isso! Sempre quis que você fosse loira. Sempre quis.

Ela deitou a cabeça no travesseiro. Fechou os olhos. De olhos fechados, concordou:

– Tá bem. – E depois de um suspiro: – Tá bem...

Na manhã seguinte, ele saiu de casa saltitante, foi trabalhar assobiando uma música dos Travessos.

Ela acordou sentindo uma pedra no peito e uma bola de tênis na garganta. Não conseguia se imaginar loira. Ao contrário: sempre se orgulhara dos cabelos negros, jamais tocados por tintura. Loiras... Sabia bem como eram. Vistosas, é verdade. Tinha de admitir que loiras chamavam a atenção. Porém, eram dissimuladas, orgulhosas. Arrogantes, até. Além do mais, a vida inteira desprezara as falsas loiras e suas raízes de cabelo pretas. Que nojo. Mas havia prometido... Que ideia era aquela, "pode pedir o que quiser"?

Bem feito!

Foi um dia difícil. Um dia de angústia. Por que ele pedira aquilo? Não gostava dela como era? Cobiçava alguma loira? Estava ficando com raiva do desgranido. À tarde, na hora da transformação, o ódio se desfez em soluços. O cabeleireiro teve de lhe buscar um copo d'água com açúcar. Só se sentiu melhor quando saiu do salão e passou por dois homens de terno. Eles a olharam de um jeito que nunca havia sido olhada antes: com gula.

Por que os homens olhavam assim para as loiras? Em casa, mirou-se no espelho. Não conhecia aquela ali refletida. Vestiu sua lingerie mais ousada, uma que nunca tivera coragem de usar. Ele chegou e tomou um susto.

– Meu Deus, é outra mulher!

Era. Foi uma noite de amor única. Nem na época de namorados tiveram uma noite igual. Pela manhã, ele se levantou cansado, mas satisfeito. Ajeitava a gravata para ir trabalhar, quando ela saiu do quarto. Estava já vestida: saia mínima, decote íngreme.

– Aonde você vai assim? – espantou-se ele.

– Ao super – respondeu ela, já saindo.

Saiu. Ele correu para a janela, perplexo, a tempo de vê-la ondulando pela rua. Ondulando. Queria uma loira. Tinha uma loira.

A mulher que trai

Gisa traía os homens. Era um hábito. Mais, até: um prazer. Traiu o primeiro ainda muito jovem, tinha talvez quinze anos de idade. O namoradinho gostava dela, ela gostava do namoradinho, mas um dia lhe surgiu aquele rapagão mais velho, moço de cabelo à escovinha e farda abacate do serviço militar. Gisa namorou com ele também. Namorou com os dois ao mesmo tempo, e viu que era bom. O medo de ser descoberta, a comparação das carícias de um e outro, a ideia de que enganava dois homens, tudo isso lhe dava uma estranha sensação de poder e fazia com que se sentisse muito, muito bem.

Gisa continuou traindo os homens. Aos 25 anos, acumulava já uma década de experiência na atividade. Como fosse dona de uma meiguice comovente, de um temperamento afável e de seios do tamanho de bolas de futsal, arranjava novos namorados sem se esforçar. Apaixonava-se por eles, inclusive, que ninguém diga que não se apaixonava. Mas a ideia de vê-los transformados em cornos irremediáveis era mais forte que qualquer sentimento. E ela os corneava, como os corneava.

Gisa tornou-se famosa no bairro, no trabalho, em todo lugar, como a mulher que se comprazia em trair os homens. Eles passaram a evitá-la. Quando um homem se interessava por ela, alguém logo advertia:

– Cuidado: essa é uma mulher perigosa.

Gisa passou a ter dificuldades para arrumar namorados. Sexo casual conseguia, sem problemas, que era bela. Mas nada sério, nada que, ao perpetrar a traição, convertesse o homem em corno. Até Perivaldo aparecer.

Perivaldo era um famoso jogador de futebol da cidade, um centroavante goleador, desses que relacionam suas conquistas e bradam ao mundo:

– Mil mulheres já se refocilaram na minha cama.

Perivaldo conheceu Gisa e se encantou. Desejou-a como nunca havia desejado uma mulher. Como sempre acontecia, alguém lhe preveniu:

– É uma mulher perigosa.

Perivaldo ouviu as histórias dela, refletiu a respeito e não se intimidou, em absoluto. Passou a repetir para parentes, amigos, para quem conhecesse Gisa, que a achava tão maravilhosa, mas tão, tão, que não se importava de ser traído por ela.

– Se eu possuir Gisa, os outros podem possuí-la também – dizia, brandindo o dedo indicador.

Gisa ficou sabendo disso. E se emocionou:

– Que homem generoso.

Perivaldo, por sua vez, soube que ela o elogiara. Esfregou as mãos:

– Vou conseguir. Vou possuir Gisa.

Mas, não. O tempo passava, Perivaldo assediava e ela não cedia, não lhe dava atenção, não aceitava um de seus convites sequer. Nem para comer o cachorro-quente do Rosário. Um dia, Perivaldo marcou um gol e correu para a torcida, levantando a camisa do time. Por baixo, outra camiseta com a frase: “É pra ti, Gisa”. Ainda assim, ela não se comoveu. Continuou ignorando-o gentilmente. Perivaldo se deprimiu. Parecia que todos podiam ter Gisa, menos ele. Logo ele: famoso, goleador, bonitão, dono de carro coreano. De fato, Gisa a todo momento surgia com um homem diferente. Não namorava ninguém, que ninguém era bobo, mas acumulava casos de uma só noite. Gisa dava a impressão de ter aderido ao sexo casual.

Perivaldo não entendia, não conseguia entender. Permaneceu torturado pela dúvida, até o dia em que o amigo Renatinho Dornelles o encontrou sentado diante de um chope no Lilliput. Renatinho puxou uma cadeira, sentou-se e sussurrou:

– Cara, tenho que te contar, preciso te contar: a Gisa está te traindo.

– Quê???

– Todo mundo sabe. Todo mundo! Ela mesma está espalhando: te trai todos os dias, cada dia com um homem diferente. Um escândalo. Te conto porque sou teu amigo.

Perivaldo sentiu-se como se tivesse tomado o barril inteiro. O mundo começou a girar e a fazer tchóinnn. Compreendeu, enfim, os olhares estranhos que os colegas de time lhe enviavam, nos últimos dias. Os cochichos no vestiário. As risadinhas antes dos treinos. A piadinha que ouviu de um zagueiro durante uma partida, depois de cabecear por cima do gol:

– Assim tu vais furar a bola...

A razão era óbvia: falavam de um corno! Olhavam para um corno! Perivaldo carregava agora a fama de corno, e com a fama de corno continuaria pela posteridade, ele sabia.

Gisa o transformara em corno sem que ele jamais a tocasse, sem que jamais pegasse na mão dela! Um golpe de mestre, uma vitória única na carreira de uma infiel. Por isso ela não se envolvia com mais ninguém. Por isso estava tão feliz. Dizia para cada homem com quem dormia que o traía, a ele, o centroavante Perivaldo! E não havia nada que ele pudesse fazer... Nada!

Perivaldo baixou a cabeça. Engoliu o resto do chope. Levantou o dedo para chamar o garçom Luís. Pediu outro. Suspirou, finalmente, e falou, a dor pendurada em cada vírgula:

– A gente nunca, nunca, nunca deve se envolver com uma mulher que trai os homens.

O zagueiro e a bandeirinha

Eles se conheceram durante um impedimento. Ela era bandeirinha. Ele, zagueiro. Jogo importante, o centroavante adversário recebeu o passe adiantado, só não marcou o gol por incúria, bola no poste. Irritado, o zagueirão foi reclamar:

– Por que não levantaste essa bandeira?

Ela apenas sorriu, e seu sorriso fez a grama crescer mais rápido. O zagueirão se emocionou. Seu coração viril virou purê. Resolveu ser arrojado. Resolveu arriscar, como se fosse um centroavante.

Perguntou ali mesmo, o bico da chuteira pisando o cal da linha lateral:

– Qual é o teu telefone? Preciso saber qual é o teu telefone!

Ela ampliou o sorriso. Todos aqueles dentes brancos faiscaram na pista atlética. Ronronou, escandindo as sílabas:

– Nove. Nove. Oito. Nove. Meia. Quatro. Quatro... Meia...

E correu com a graça de uma corça rumo ao meio campo, acompanhando uma dividida no grande círculo. Ele ligou aquele dia mesmo, depois do jogo, um zero a zero pedregoso. Saíram. Começaram um caso. Secreto, claro. Renderia manchete com ponto de exclamação, uma bandeirinha se repimpando no tugúrio de um zagueiro central. Ele se empolgou. Apaixonou-se, verdade seja dita. Queria amá-la diante do mundo, ir ao cinema com ela, passear de mão no xópin. Decidiu: depois do campeonato, tornaria público o seu amor.

Então, chegou-se à partida final. Em campo, os mesmos times que se enfrentaram no dia daquele impedimento, tão distante aquele dia, se esfumava nas brumas do primeiro turno. No apito, o mesmo árbitro. Nas laterais, os mesmos auxiliares. Inclusive ela, de bandeira amarela. Pois, coincidência, houve um impedimento. Outro impedimento. Com o mesmo centroavante. E ela não marcou.

O centroavante entrou sozinho na área, o zagueiro olhou suplicante para ela. E ela não marcou. O centroavante engatilhou o chute, levantou a perna. O zagueiro gritou por socorro:

– Ele está na banheiraaaaaa!

E ela não marcou.

Foi gol do centroavante, o gol da vitória, o gol do campeonato. Gol ilegal. Mas ela não marcou. Esboroou-se assim o sonho do zagueiro-central. Naquela mesma noite, dentro de campo, antes até de os dois descerem aos respectivos vestiários. Nunca mais se falaram. Hoje, ironia, ela vive com o centroavante. O zagueiro não é mais zagueiro, abriu uma quitanda, vive entre bergamotas e repolhos. Vez em quando se debruça no balcão, contempla as chicórias reunidas, lembra daquele jogo tão longínquo daquele longínquo primeiro turno e sussurra, rouco de amargura:

– Eu devia ter desconfiado daquele impedimento. Ninguém pode ser ingênuo no amor ou em jogo de campeonato.

A rainha do domingo

Ela era a rainha dos domingos. Mas um dia perdeu a coroa. Uma noite, mais precisamente, quando caminhávamos lado a lado pela calçada da Industriários, em frente à casa de Elis Regina. Na tarde daquele domingo, como de resto em todas as tardes de domingo, ela rebrilhou no Colégio Dom Bosco sem suspeitar da infausta noite que lhe aguardava.

Funcionava assim: o Dom Bosco não fechava aos fins de semana. Mantinha sua pista de patins e suas quadras de esporte abertas para a comunidade. Nós, que nem estudávamos no Dom Bosco, escalávamos o morro do Alim Pedro para ir lá jogar futebol de salão. Havia três quadras. Um time entrava em quadra e, se vencia, ficava. Só saía ao ser derrotado. Só que, óbvio, não era apenas o futebol que nos atraía. Confesso: também dispensávamos alguma atenção às meninas que iam jogar vôlei e patinar. Uma delas, ela. Não lhe revelo o nome, que hoje está casada, pendente de filhos pelos braços, frequenta parquinhos nos fins de semana. Mas garanto: encantava a todos, todos!, os frequentadores do Dom Bosco, nas tardes de domingo.

Morena, magra, porém sustentada gloriosamente por pernas longas e fortes, ela tinha as nádegas tão rijas que, se você lhe desse uma palmada, arriscava quebrar a falangeta – patinação faz bem para os glúteos, creio. Estava sempre com o umbigo de fora. Mesmo sob chuva, mesmo nos rigores do inverno. Cheguei a escrever uma música em sua homenagem, numa época em que eu fazia as letras e o Chico Trago, as melodias.

Como fosse assim cobiçada, a moça acabou por hipertrofiar o amor-próprio. Caminhava de queixo erguido, o pescoço cada vez mais comprido, o olhar cada vez mais altaneiro. Aprendeu a sorrir com desdém, uma capacidade adquirida apenas por aqueles que realmente se julgam superiores. Um dia, depois de ela muito ter patinado e de nosso time muito ter jogado, encontrei-a saindo do colégio. Começamos a conversar. Descemos o morro, eu investindo, tentando, me esforçando, mas sem obter grande sucesso. Ela, arrastando os tamancos de madeira, as bochechas das nádegas aflorando no shortinho branco sumário, a miniblusa expondo-lhe a barriga pétrea, ela pouco ligava. Empinada feito uma gueparda adolescente, no máximo me enviava um sorrisinho de condescendência, e isso muito de vez em quando.

Aí aconteceu.

Estávamos já na Industriários, mais ou menos em frente à casa da Elis, meu poder de fogo se esvaía rapidamente, estava prestes a bater em retirada, e então aconteceu.

Um flato. Um flatinho de nada, uma ventosidade inofensiva, provavelmente inodora, porém audível. Claramente audível. Em resumo: do tão admirado vale formado pelas paredes macias daquelas nádegas foram expelidos gases com potência suficiente para que eu suspeitasse estar na presença de um dos famosos gêiseres canadenses.

Eu ouvi, ela percebeu. Notei que chegou a vacilar no passo, que o pequeno revés lhe sofreou a gorda confiança. Tinha de aproveitar. Maldade, bem sei. Não se faz, claro que não se faz. Mas eu tinha de aproveitar. Olhei, entre inocente e perplexo, para ela, olhos redondos de espanto. Perguntei, com toda a candura das avozinhas do IAPI nas consoantes:

– Você... peidou?

Oh, Deus, obrigado por aquele momento de glória! Assim foi deposta a rainha das tardes de domingo do Colégio Dom Bosco. Nunca mais músicas em loas a ela, nunca mais os homens debaixo das solas de madeira de seus tamancos. Apenas o opróbrio. O opróbrio. O opróbrio.

As devassas da Ilha de Barba

Luísa Labé era morena. Clemência, loira. Ambas belas. Ambas dissolutas. Tornaram-se famosas em toda a França por sua devassidão. Viveram no século XVI, quando o Brasil mal deixava de ser Pindorama. Ainda adolescente, Luísa casou-se com um homem de idade provecta, para a época: uns 65 anos. A vantagem de tal matrimônio era que o "Papaizinho", como ela o chamava, fazia todas as suas vontades. Todas mesmo. Inclusive instalá-la numa mansão na ilha de Barba, em Lyon.

Nesse palacete lionês, Luisa compunha seus poemas, que tinha veleidades de poeta. E recebia os amantes. Haviam de ser famosos ou ricos – o único pobre anônimo a se cevar nas carnes rijas de Luísa Labé fora um primo seu, soldadinho do rei, que a deflorou quando ela mal saía da puberdade. O primo, depois de se repoltrear com Luísa e ir embora para alguma guerra de então, ao regressar quis novamente usufruir do favor da morena, mas ela o desdenhou. Valendo-se de uma frase definitiva:

– Certos amores, como certas flores, depois de murcharem pouco custam a quem os joga fora.

Um dia de primavera, a loira Clemência saiu de Paris e foi passear em Lyon. Conheceu a morena Luísa. Tornaram-se amigas. Luísa convidou Clemência para também morar na Ilha de Barba, e Clemência aceitou. União demoníaca. A ilha se transformou em sede de saraus e orgias incomparáveis.

Quando um homem tinha a sorte de ser escolhido por uma delas, já sabia: teria as duas. Luísa e Clemência partilhavam os amantes. Às vezes, ao mesmo tempo. As mulheres de Lyon se escandalizavam com as histórias que se contava das bacanais na Ilha de Barba. Os homens sonhavam com as delícias protagonizadas pelas duas amigas.

Assim seguiu a vida por quinze anos, até que um estudante tão pobre quanto desconhecido decidiu que precisava ver, ele mesmo, aquelas duas beldades. Traçou um plano: esconder-se-ia no oco de uma das árvores da ilha, só para ver as amigas nadando nuas, hábito refrescante e higiênico que elas cultivavam nos verões. Durante a madrugada, o estudante entrou em uma canoa e remou até uma árvore apropriada. Por seis horas, das cinco às onze, ele permaneceu de campana, até que elas surgiram, se despiram e mergulharam no rio, aos gritinhos. Emocionado com a beleza sobretudo de Clemência, o estudante emitiu lá alguns suspiros que o delataram. Aí foi aquilo:

– Um homem! Um homem!

Não havia como cobrir a decência das náiades, além de se manterem sob a água até o pescoço. Foi o que fizeram. Parcialmente submersas, repreenderam o moço. Mas não o enxotaram. Ao contrário, decidiram abrigá-lo por alguns dias. Clemência, por quem ele havia se enamorado, o levou para a alcova. Lá se quedaram os amantes. Um dia. Dois. No terceiro, Luísa abordou a amiga:

– Diga, querida: quantos dias mais você vai ficar com ele? Gostaria de usá-lo também.

– Ah... Mais uma semana, tá?

– Claro. Quanto tempo você quiser.

Esse diálogo se repetiu algumas vezes. Luísa querendo saber em que momento poderia desfrutar do jovem amante, Clemência tergiversando. Finalmente, Clemência chamou Luísa para uma conversa em particular. Confessou:

– Estou apaixonada pela primeira vez na vida.

A morena, aparentemente, exultou.

– Que maravilha, amiga! Fica com ele, então! Aproveita esse amor!

Naquela mesma noite, porém, Luísa trocou olhares e toques com o estudante, durante o jantar. Nos dias subsequentes, tanto os olhares quanto os toques se repetiram e se intensificaram. O estudante percebeu, não havia como não perceber. E se perturbou. O que estava acontecendo?

Uma tarde, ele passeava pelos jardins da mansão e deparou com Luísa sentada num banco, o rosto entre as mãos, aos prantos. Foi lá perguntar o que havia, aflito, e ela o rechaçou;

– Nunca mais fales comigo! Nunca mais!

É claro que você já sabe o que aconteceu. O estudante cercou a bela: mas o que foi?, o que houve?, que te fiz?, e ela jogou o jogo da mulher apaixonada pelo homem da amiga, e jogou tão bem que ele não resistiu. Abraçou-a:

– Mas também te amo! Amo as duas!

Possuiu-a ali mesmo, no banco do jardim. O comportamento de Luísa nos últimos dias, no entanto, despertara a desconfiança de Clemência. Naquele exato momento, a loira andava procurando pelo amante. Encontrou-o deitado ao lado da amiga, seminu, na hora do repouso do guerreiro.

Desnecessário narrar o embate que se deu entre as duas amigas, transformadas em rivais de morte. Clemência voltou para Paris, onde teve fim ignorado. O estudante perdeu as duas e foi expulso da Ilha de Barba. E Luísa, bem... Luísa amargou a solidão por algum tempo, recolheu-se aos seus versos, mas, passadas duas semanas de remorsos, retornou à atividade, voltou a colher amantes em Lion. Mas, desfeito o par libertino, a Ilha de Barba nunca mais foi a mesma. O encanto fora quebrado por uma disputa amorosa.

Muitas amizades femininas são assim frágeis. Tal qual os casos de amor entre jogadores e clubes. Qualquer dissabor logo os desmancha. Triste. Mas é desse jeito que sempre acontece. Como bem ensinava o poeta Mario Quintana, que um dia escreveu, no seu quarto de hotel:

> Amizade entre as mulheres
> Haverá quem nisso creia?
> Salvo se uma delas
> For muito velha ou muito feia.

Clarissa de minissaia

A microssaia voltou com tudo em 2004. A ponto de Clarissa se entusiasmar. Não era desses arroubos, não se comovia com modismos. Ao contrário: podia ser considerada uma recatada. Clarissa só se importava com a alma humana, que, ao fim e ao cabo, concentrava a essência de sua profissão – era psicóloga.

Mas, no réveillon, Clarissa foi a uma festa, e o que viu?

Microssaias. Todas as mulheres da festa estavam de microssaia, as pernas luzindo, hipnotizando o público masculino, enquanto ela transpirava dentro de velhos jeans desbotados. Então, tomou uma resolução de Ano-Novo: vestir uma microssaia em 2004.

Nos primeiros albores de janeiro, mal egressa da praia, Clarissa marchou para o shopping como se fosse cumprir uma missão. Adquiriu a primeira microssaia da sua vida. Foi o rompimento de uma barreira. Antes daquele dia, nem míni. Só saias comportadas, roçando os joelhos. Clarissa preocupava-se demais com seu trabalho para ostentar decotes e saias minúsculas. Havia anos, ocupava o cargo de psicóloga num grande clube de futebol do Estado. Sua vida se resumia ao esforço para conquistar o respeito dos jogadores e dos dirigentes. Mas conquistá-los com sua seriedade, seu profissionalismo.

Aquela minissaia quebrava paradigmas. Que seja!, pensou. A gente tem que cometer loucuras uma vez na vida. Para arrematar, comprou sapatos de saltos altos. Realmente altos, não as anabelas de cinco centímetros que estava acostumada a usar. No provador, enfiou-se na micro, subiu nos escarpins e se mirou no espelho. A micro era mesmo curta. Um palmo de tecido, quando muito. Mas, puxa, como ela havia ficado diferente! Os saltos altos lhe tinham modelado as pernas, os músculos ficavam empinados das panturrilhas aos glúteos. E a última curva das coxas assim exposta, nossa!, Clarissa nunca se mostrara tanto. Mas reconhecia: o resultado lhe agradava. Saiu do shopping vestida daquele jeito, a roupa antiga soterrada no fundo da bolsa.

Foi assim que chegou ao clube. Sobranceira, apoiada apenas na parte da frente dos pés, caminhando sem pressa. Clarissa cruzou o pórtico do estádio. Para jogadores, dirigentes, torcedores, membros da comissão técnica, para todos num diâmetro de 150 metros, foi como se o tempo tivesse parado. Clarissa avançava de cima de seus escarpins, a saia diminuta mal cobrindo as longas pernas, os saltos de doze centímetros fazendo toc no asfalto. Toc, toc, toc, toc.

Aquele toc ecoava pelo estádio. Tornava-se mais retumbante devido ao silêncio que a entrada de Clarissa protagonizara. Ninguém corria atrás da bola, e a própria bola não corria, os torcedores que assistiam ao treino não gritavam mais, nem se inquietavam com a penúria das contratações do clube, os repórteres nada perguntavam e os dirigentes não cogitavam de responder. Naquele momento, só o que importava era a entrada de Clarissa.

Toc. Toc. Toc.

Ela sentia o ar frio envolvendo as coxas finalmente descobertas, sentia que todos os olhares lhe lambuzavam as pernas torneadas e recentemente bronzeadas, sentia que, durante aqueles segundos, todos os homens que a observavam se transformaram em seus súditos. Sentia os efeitos do poder. Um calor sensual queimou-lhe o peito.

Clarissa entreabriu os lábios. Sua respiração ficou mais pesada. Depois de cem metros triunfais, chegou ao escritório, afinal. Abriu a porta. Entrou. Fechou-a. Apoiou as costas contra a porta fechada. Fitou o teto branco do gabinete. Pensou nos anos em que cursou psicologia, nos anos de trabalho no clube, no seu investimento como psicóloga esportiva. Durante todo esse tempo, estudou o comportamento dos homens, procurou formas de entendê-los, influenciá-los e ajudá-los. Agora, enfim, alcançara a compreensão. As mentes deles se abriam para ela, como se a língua de fogo do Espírito Santo lhe tivesse lambido a fronte. Tudo era tão simples e tão engenhoso...

Clarissa caminhou até o banheiro do escritório. Postou-se diante do espelho. Tentou admirar mais uma vez as pernas expostas. Não conseguiu, o espelho era muito alto. Estudou o próprio rosto. Os lábios pareciam mais intumescidos, os olhos, mais brilhantes. Ajeitou o cabelo. Decidiu: na manhã seguinte, sem falta, compraria uma blusa decotada. Bem decotada.

O que Bárbara fez no Carnaval

Bárbara chegou ao escritório, pespegou um beijinho na face esquerda do Alfredo, ele perguntou o que ela fizera na folga do Carnaval, e ela, sorrindo:

– Botei silicone. E você?

Alfredo sentiu uma rápida vertigem. Seus neurônios começaram a formigar: o que motivara o fornecimento daquela informação? O instinto mandou ele olhar para os seios de Bárbara, mas a prudência susteve-lhe os olhos nos olhos dela. Seria grosseria avaliá-la assim, como se sua colega fosse um bife de alcatre no açougue.

Alfredo desejava Bárbara havia meses. Mas era um tímido, jamais tentaria assediá-la se não houvesse uma deixa. Isso agora era uma deixa, não? Botei silicone.

Que vontade de olhar! Mas não podia. Precisava se conter! Alfredo suava. O que devia dizer? Porque Bárbara esperava um comentário. Ou não faria aquela confissão. "Ficou bom", talvez? Não. Equivaleria a dizer que estava olhando para os seios dela, ela poderia se ofender. Alfredo sabia: seu futuro com Bárbara dependia do que dissesse agora. Não podia errar. Mas o que dizer? O quê??? Sequer mexia a cabeça, temendo que ela pensasse que ele iria olhar para os seios suplementados no Carnaval. O que dizer, Cristo? Alfredo limpou o suor da testa. Decidiu:

– Eu fui pra Arroio do Sal.

O sorriso se desmanchou na face de Bárbara. Ela piscou uma, duas vezes. Disse: ah. Deu-lhe as costas. Rumou para a sua mesa. Deixou Alfredo lá, parado, sabendo que aquele era o fim de sua história com Bárbara.

Larissa, a fiel, e os Zagueiros do Amor

Larissa era linda, alta, discreta e fiel. Jamais sequer pensara em trair o marido, Fábio. Jamais se expusera, apesar de ser o tipo de mulher que chama a atenção dos homens. Mas, naquele Carnaval, tudo mudou. Larissa e Fábio participavam do mesmo bloco, os Zagueiros do Amor. O bloco nascera do time do qual Fábio era capitão. Começou como uma brincadeira, os jogadores, seus amigos e suas mulheres vestiam a mesma fantasia e iam aos bailes dos clubes só de farra.

Mas, com a instituição do Campeonato Municipal de Blocos, a coisa ficou séria.

Depois de algumas derrotas, os Zagueiros do Amor pegaram gosto pela disputa e decidiram que, naquele ano, fariam tudo para conquistar o título. Sobretudo porque Os Borolhos, bloco do time rival, tinham levado os dois últimos campeonatos.

O capitão Fábio passou meses estudando o procedimento dos blocos que haviam vencido nos anos anteriores. Concluiu que o segredo era a organização. A entrada no salão deveria ser impactante; a evolução, rítmica; a disposição das alas, harmônica. Tudo certinho. Tudo no seu lugar. Os Zagueiros do Amor ensaiaram durante semanas. Estavam afiadíssimos. No sábado, o bloco funcionou com a precisão de um trem japonês.

Larissa sentia-se orgulhosa pela competência que Fábio demonstrara no comando da turma. Verdade que ela também ajudava. Do alto de seu metro e oitenta, imponente como uma imperatriz, bela como uma estátua grega, Larissa impunha respeito e dava dignidade à folia. Os outros olhavam para ela, elogiavam-lhe a beleza e comentavam:

– Esposa exemplar.

Mas, no fim da festa, de repente, Larissa se viu sozinha. Fábio havia sumido. Larissa errou pelo salão, procurando-o. Nada. Saiu para a madrugada úmida, vagou entre as piscinas, já estava pensando em chamar a polícia, quando o avistou, ao longe, atrás de uma churrasqueira. Sorriu, aliviada. Começou a caminhar até ele.

Então, o choque: Fábio beijava a loira que era irmã mais nova do lateral-esquerdo reserva! Larissa manteve a compostura. Não fez escândalo algum. Apenas chamou Fábio, foram para casa e, em casa, no recôndito do quarto do casal, chorou baixinho. Fábio pediu desculpas, explicou que estava bêbado, que fora uma loucura de Carnaval, que havia sido influenciado pelo clima da folia e pela boa atuação do bloco. A muito custo, Larissa enxugou as lágrimas e sussurrou, com a classe de sempre:

– Tudo bem, Fábio. Tudo bem...

Nas noites seguintes, Larissa se comportou como se nada daquilo houvesse acontecido. Não tocou mais no assunto, não reclamou nem xingou ninguém. No bloco, todos comentavam:

– Que classe!

Com a participação altaneira de Larissa, os Zagueiros do Amor continuaram se saindo bem nos bailes de domingo e segunda. Até que a Terça-feira Gorda chegou.

A terça seria decisiva para a escolha do bloco campeão. E os Zagueiros estavam bem. Os Zagueiros eram os favoritos. O resultado seria anunciado às quatro da madrugada. À uma e meia, os Zagueiros do Amor irromperam no salão, Larissa e Fábio à frente. Larissa havia ruminado a dor da infidelidade durante todos aqueles dias. Tinha puxado o bloco com determinação espartana. Mas, ao entrar no clube, ouvindo os gritos de Fábio, Para a vitória! Para a vitória!, ela não se conteve mais. Algo dentro dela se rompeu. Estacou no meio do salão. E urrou:

– Chega!

Foi um urro tão dolorido, tão sentido, vindo de um lugar tão profundo da alma, que a banda parou de tocar. O bloco parou, o baile parou, todos pararam. Abriram uma clareira no salão e, no meio dela, estava Larissa. Então, ela começou: tirou a camiseta. Jogou-a longe.

– É pra ti, meu marido! – berrou.

Fábio estava paralisado, sem saber o que fazer. Larissa levou as mãos às costas. Clic. Abriu o sutiã. Sacou-o de um golpe. Os seios fartos e rijos tremelicaram, livres.

– Pra ti, Fábio! – e lá se foi o sutiã, voou entre as serpentinas penduradas no teto, caiu no meio do povo.

Wianey Carlet, que estava na festa, saltou como um jaguar e o aparou com os dentes.

Fábio tentou se aproximar dela:

– Larissa, não!

Mas Larissa estava decidida:

– Não deixem ele se aproximar!

Enquanto isso, livrou-se da minissaia. Ficou só de calcinha. Uma calcinha pequeninha. Entradinha. De renda. Ouviu-se um ó pelo salão. O Wianey começou a sentir uma tontura.

– Larissa! – berrou Fábio, lutando para se livrar dos amigos que o seguravam:

– Não vai lá! Ela está fora de si! Não vai lá!

Larissa tomou as alças da calcinha entre os polegares e os indicadores. Baixou-a devagar. Atirou a calcinha para cima.

– Pra ti, meu marido!

O Wianey desmaiou. O salão inteiro estava duro de espanto. O cara da tuba afrouxou o nó da gravata. Fábio chorava, o rosto escondido entre as mãos. Foi quando Larissa como que despertou do transe. Voltou do acesso de insanidade. Olhou para os lados. Percebeu, enfim, que estava completamente nua. Ciciou, envergonhada:

– Desculpem por ter ficado completamente nua.

E saiu correndo, os saltos altos fazendo toc-toc no parquê. O casamento de Fábio e Larissa não chegou a ser abalado. Eles ainda continuam juntos. Mas os Zagueiros do Amor perderam o título. Os Borolhos se sagraram tricampeões.

A volta da morena

Seios & coxas, seios & coxas, seios & coxas. Bastian estava mesmerizado pelo conjunto de seios e coxas de Daniela. Não sabia se devia olhar para eles, os seios desvelados pelo decote pródigo, oferecidos ao alcance de um braço, ou para elas, as coxas, expostas dentro do vestido curto, cruzadas sob o tampo de vidro da mesinha do bar.

Tratava-se de algo raro. Bastian nunca ficava em dúvida. Sempre sabia exatamente o que fazer, e esse era o seu grande trunfo como zagueiro. Jamais vacilava. Vivia a repetir, queixo erguido:

– Jamais vacilo.

De fato, quando chegava na bola, já havia tomado a decisão. Para o bem ou para o mal.

– Um zagueiro não pode hesitar – ensinava, dedo em riste.

Donde o seu sucesso. Inclusive com as mulheres. Inclusive com Daniela. Um metro e setenta e seis de morena olhando para ele a sorrir, ronronando:

– O que mais gosto em você é que você nunca vacila.

Em resposta, Bastian enviava-lhe um sorriso modesto, assim de ladinho. Era a primeira vez que saía com a morena Daniela. Há meses a cobiçava. Agora ela parecia pronta para ceder. Só porque observara melhor suas atuações como zagueiro e concluíra: ali estava um homem impermeável a dúvidas. Um homem de verdade.

Por isso, a pequena dúvida de Bastian, seios ou coxas?, lhe afigurava uma dúvida doce. Naquele caso, e só naquele caso, a decisão não importava. Qualquer que tomasse seria a bem-aventurança. Mas, por enquanto, Bastian só poderia olhar. A finalíssima do campeonato estava marcada para o dia seguinte, ele teria de se recolher à concentração em meia hora. Marcaram encontro para depois do jogo. No mesmo bar. Na mesma mesa. Bastian sorriu. Será um jogo feliz, pensou. Até que ela disse a frase. Por que ela disse aquela frase? Por quê??? Disse-a à traição, especialidade das mulheres, num golpe seco.

Debruçou-se sobre a mesa, segurou com sua mão morena o braço dele e ciciou:

– Vou vir sem calcinha.

Bastian ficou sem saber o que dizer e sem saber o que fazer. Pela primeira vez na vida, a incerteza lhe rasgou a alma. Bastian corou – não corava desde a adolescência. Engasgou. Faltou-lhe o ar. Daniela o observava, superior, enquanto ele gaguejava:

– Eu... amm... er...

O travo daquela incerteza acompanhou Bastian nas horas seguintes. Varou a noite e a madrugada, deflorou a manhã. À tarde, ao entrar em campo, Bastian só pensava: sem calcinha, sem calcinha, sem calcinha... Na primeira bola que veio em sua direção, ele estava distraído. Escorregou. O goleiro teve de fazer uma defesa difícil. Na segunda, o atacante gingou diante dele e ele... vacilou! Bastian não sabia o que fazer. Se batia no atacante, se dava o bote, se chutava a bola, se ficava parado. Levou entre as pernas. A torcida fez ó na arquibancada.

Foi apenas o começo. Durante o resto do jogo, Bastian hesitou, ficou incerto, irresoluto, perplexo, pasmado. Sua pior atuação desde a primeira vez que tocou numa bola, aos quatro anos de idade. O time perdeu, a torcida vaiou, ele saiu de campo sem saber exatamente o que acontecera, com um único pensamento a lhe reboar no cérebro: sem calcinha, sem calcinha.

Suspirou, chateado. Mas resolveu não pensar mais naquilo, pelo menos nas próximas horas. Encontrar-se-ia com Daniela, como combinado, e agora precisava se concentrar nela. Tomou banho, pulou na sua BMW, voou até o restaurante. Sem calcinha, pensava. Sem calcinha.

De fato, não havia calcinha. Nem Daniela. Nem nada. Depois do fiasco que a morena assistiu pela TV, só havia uma conclusão a chegar: que Bastian tinha dúvidas. E ela não era mulher para se entregar a um homem com dúvidas, isso é que não. Continuaria procurando. Um dia, talvez, achasse o homem de verdade, o homem feito apenas de certezas.

Nua, numa cama estranha

Letícia acordou completamente nua numa casa estranha. Não conhecia a cama em que estava deitada de costas, nem o fino lençol enrolado em sua cintura. Não se lembrava de algum dia ter visto o quarto em que havia dormido. Sentia-se mareada. Bebera demais na noite anterior.

Tequila. Disso se lembrava – tequila. Sentou-se com alguma dificuldade. Uma rápida vertigem fez com que desistisse de se levantar. Apoiou as mãos no colchão. Fechou os olhos. Abriu-os.

– Ohhhh – gemeu. – Tequila...

Levou a mão à testa. Massageou as têmporas. Tentou recordar o que tinha acontecido. A última imagem que lhe vinha à mente era da festa que fora com a turma do clube, num caraoquê. Que ideia, ela nem gostava de caraoquê. Mas naquela noite havia se liberado. Era a comemoração da conquista do título, tudo valia. Aí, cantou, dançou, bebeu... Tequila. Como bebeu tequila. Com foguinho e vira-vira. Oh, Jesus...

De mais não se lembrava. O que havia acontecido? Levantou-se, enfim. Depois de uma leve tontura, reassumiu o equilíbrio do corpo. Percebeu que trazia algo preso entre o canino e o segundo pré-molar. Levou a mão à boca. Retirou o objeto que lhe fazia pressão: um pequeno pedaço de pano branco. Estranho... Caminhou nua pelo corredor, até a sala. Que casa era aquela, Jesus Cristo? Começou a achar suas roupas, espalhadas por toda parte. A calcinha estava em cima do abajur. Um dos sapatos ela não encontrou. Na cozinha, a mesa do café posta e um bilhete debaixo da manteigueira: "Obrigado pela noite mais louca da minha vida. W".

Dáblio? Não conhecia ninguém que tivesse Dáblio no nome. Será que passara a noite com algum Wilson? Ou, pior, um Wellington? Virgem Santíssima! Tinha de ir embora dali de uma vez. Saiu, mancando, por calçar apenas um sapato. Que rua era aquela? Por sorte, passou um táxi. Tomou-o.

Perguntou ao motorista onde estavam: Parque Minuano. Com mil martelinhos de trigo velho, ela não conhecia ninguém que sequer morasse perto do Parque Minuano! O resto do dia, um domingo, ela consumiu intrigada: o que tinha acontecido? Não conseguia recordar. Só recordava dos copos chamejantes de tequila. Maldita tequila.

Na segunda-feira, notou que as conversas cessaram quando entrou na secretaria do clube. Todos a olhavam. Os boys comentaram algo, diante da máquina de xerox. Um grupinho de repórteres parou de discutir sobre quem era o melhor lateral-direito. Letícia tentou manter a dignidade ao caminhar até sua mesa. Sentou-se.

Que vergonha, que vergonha! O que a tequila fizera com ela? Precisava se concentrar no trabalho. Mas, antes que ligasse o computador, Danúbio, o meia-esquerda goleador, o galã do time, que não entrava em campo sem alisar bem os cabelos alourados com gel, Danúbio, o camisa 10, se aproximou e, disfarçadamente, fez pousar um Amor Carioca sobre sua mesa, bem em cima do *mouse pad*.

Sorriu um sorriso de 64 dentes, o mesmo sorriso que abria para as câmeras quando fazia seus gols, e sussurrou:

– Queres almoçar comigo?

Letícia grunhiu um arran, boquiaberta e encantada. Ia almoçar com o Danúbio! Olhou em volta. As colegas faiscavam de inveja. Piscou, surpresa, e o telefone tocou. O presidente a convocava ao gabinete. Letícia levantou-se. Alisou a saia.

Foi, sestrosa. A secretária abriu a porta para ela, prestativa. Seu Leopoldo, o presidente, a esperava de pé. Apontou-lhe uma poltrona.

– Dona Letícia – começou. – Quero, antes de mais nada, ressaltar que nossas relações profissionais continuam inalteradas. Inalteradas! – fez um gesto decidido com a mão. – E, para lhe provar isso, estou lhe comunicando que aquela promoção que a senhorita reivindicava é sua. – Letícia abriu a boca, perplexa. – E mais – prosseguiu o chefe. – A senhorita terá 50% de aumento salarial. Certo? Tudo bem?

Letícia balançou a cabeça, pasmada: certo, claro que estava certo, claro que estava tudo bem. Levantou-se. Estava saindo da sala, o presidente chamou-a de novo:

– Ah, dona Letícia: conto com sua discrição sobre tudo aquilo, sim?

Letícia balançou a cabeça outra vez, em concordância. Voltou para a mesa flutuando, como se estivesse num sonho. Agarrou o encosto da cadeira com ambas as mãos.

Olhou para o bombom do meia-esquerda de gel, ainda oferecido sobre o *mouse pad.* Calculou mentalmente quanto ganharia com os 50% de aumento. Sorriu. Notou que, em volta, as mulheres continuavam a fitá-la com inveja e que, nos cantos da sala, os boys e os repórteres ainda falavam sobre ela. Sentou-se, enfim. Suspirou.

E tomou a decisão: na próxima festa do clube, ia beber muitos, muitos copos de tequila.

O fantasma que anda

Tem uma loja de gibis usados aqui perto da *Zero Hora*. Nem sabia, descobri ao zanzar pelas ruas vicinais que nascem na Azenha, riscam a Erico e vão desaguar na Getúlio. A visão da lojinha titilou meus instintos de paleontólogo. Entrei.

Lá estavam o Fantasma Que Anda e o Mandrake, há quanto tempo não folheava um gibi do Mandrake... Alguém aí sabe qual o nome da namorada do Lothar? Vale um expresso. Duplo.

Mas esse bairro, a Azenha. É o mais antigo da Capital. Nas décadas imediatamente posteriores à fundação, Porto Alegre restringia-se à língua de terra em que hoje se espreme o Centro. Ali fremia o comércio e a algaravia do porto, ouvia-se o ruge-ruge das saias das madames, os homens cumprimentavam-se debaixo dos chapéus. Ali se elevava, imponente, a igreja das Dores, onde os condenados à morte assistiam à última missa. Depois da derradeira comunhão, partiam, bem manietados, para a praça da Forca, ao lado do atual quartel do Exército. Havia vasta concorrência pública nas execuções. Pelo menos uma dúzia de infelizes expirou na ponta de uma corda, em meados do século XIX.

Porto Alegre erguia-se até o morro da catedral, e tudo que de lá despencava era a Cidade Baixa, nome que se eternizou, como você sabe. Agora, bairro mesmo, independente, distante do poder metropolitano, o primeiríssimo foi a Azenha. E se você flana pela Azenha, como flanei, vai tropeçar em nacos da história da cidade, uma velha casa de construção açoriana, pedaços de muro montado com os tijolões da olaria da Lima e Silva, casebres periclitantes nos quais as cortesãs alugavam o corpo a vinténs para em seguida entregá-los sob a ameaça da navalha dos rufiões.

Vai encontrar, também, uma lojinha que vende gibis do Fantasma com seu cachorro Capeto. E fruteiras sortidas com laranjas expostas na calçada; e pequenas padarias que vendem sonho bocha e cueca-virada; e lancherias onde o bodegueiro bate no liquidificador cerveja preta, um ovo cru com casca e tudo, açúcar e pimenta, tirando dali um caldo denso e capitoso, que, dizem, tem poderes afrodisíacos.

Nessas ruas de árvores copadas você vai encontrar pessoas que se pecham ao acaso no meio-fio, param para fofocar e riem e riem; você tem de desviar de crianças que correm e jogam bola com goleirinha de chinelo de dedo; você sentirá vontade de provar o chimarrão sorvido nas rodas de cadeiras na calçada.

Aí está: o subúrbio. Toda a vida que escorreu das avenidas, toda a naturalidade do dia a dia que fugiu da violência, da fumaça dos escapamentos e da sujeira centenária, ela está lá, intacta. Longe dos shoppings, longe do asfalto e dos elevadores, sem o brilho do néon, é no subúrbio que as pessoas vivem a vida da planície, uma vida bem mais simples.

Como um dia foi a vida nos tempos pioneiros do velho bairro da Azenha, dessa velha Porto Alegre.

Ah, o nome da namorada do Lothar era Princesa Darla.

A escrava

Trata-se de um simples atestado. Documento oficial de uma única frase e poucas linhas de extensão. Mas que reúne carga emotiva raras vezes encontrada na mais imaginosa literatura. O certificado foi escrito no estilo da sua época, o século retrasado, e registrado em 1869, em Campinas:

"Digo eu, Isidoro Gurgel Mascarenhas, que entre os mais bens que possuo sou senhor e possuidor de uma escrava de nome Ana recebida na herança de meu pai, Lúcio Gurgel Mascarenhas, e como a referida escrava é minha mãe, verificando-se a minha maioridade hoje, pelo casamento de ontem, por isso achando-me com direito, concedo à referida minha mãe plena liberdade, a qual concedo de todo o meu coração."

Deparei com o texto num dos livros que tenho lido ultimamente a respeito do século XIX, para uma história que venho escrevendo. Li e reli e reli e reli, não canso de reler. "Concedo à referida minha mãe plena liberdade, a qual concedo de todo o meu coração."

Quanta angústia, quanto alívio e quanto amor nessa curta frase. O drama de Isidoro se afigurava muito comum, no Brasil oitocentista. Sua mãe, Ana, era escrava. Manteve relações com o senhor, o tal Lúcio. Delas resultou o filho, que, ao nascer, ganhou a liberdade. A mãe, porém, continuou cativa. Para sorte de Isidoro, seu pai não possuía filhos legítimos. Assim, ao morrer, Lúcio legou-lhe todo o seu patrimônio, inclusive os escravos. Mas Isidoro era uma criança, não podia dispor dos bens. Continuou, então, até a maioridade, vendo a mãe na condição de escrava. Sua escrava. Sua propriedade.

Casos como o de Isidoro Gurgel Mascarenhas sobejam, no Brasil. Fomos, para nossa eterna vergonha, o último país do planeta a abolir a escravatura. Hoje, assistindo ao debate a respeito da decretação ou não de feriado no Dia da Consciência Negra, lembro de tais tragédias. Não tenho certeza se a data deve ou não ser marcada por um feriado, mas estou certo que, de todas as nossas malcontadas histórias, essa é a mais mal contada.

O professor Décio Freitas afirma que a maior parte de nossas mazelas vem dessa tão longeva escravatura. Vem, claro que vem. Os brasileiros ainda não conhecemos a densidade do que ocorreu com os negros neste país tropical durante quase quatrocentos anos. A ferida do escravagismo precisa ser revolvida, no Brasil. Precisa doer, que não nos tem doído.

A flecha do amor

Amor à primeira vista existe. Sou testemunha. Vi um amigo ser abatido instantaneamente pela flechada escarlate da paixão. Atingiu-o entre as sobrancelhas e o deixou pasmado ali mesmo, na minha frente. Aconteceu num dos efervescentes bares do Moinhos de Vento.

Deparamos com ela logo à entrada. Um choque. Ela era morena clara. Tinha um jeito assim de francesa. Não francesa, francesa, que as francesas são meio aguadas. Só o jeito. Classe, entende? Uma mulher de classe. Um brilho doce lhe dançava nos olhos claros, sorria sorrisos pela metade e seus gestos eram parcos e leves. Meu amigo ficou mesmerizado. Não conseguia desviar o olhar dela. Sentia nos ossos todos, do úmero às falanges, do ilíaco à omoplata, que ela era a mulher pela qual sempre esperou. Disse-me, voz trêmula, olhos baços:

– A mulher pela qual sempre esperei...

Aproximou-se dela, tinha de se aproximar dela. Ela o recebeu sem sobressalto, como se soubesse que ele viria. Falava baixo e devagar. Meu amigo fez-lhe as mais arrebatadas declarações de amor. Nunca o tinha visto tão fremente, tão sôfrego. Não havia dúvida: fora capturado.

Ela ouviu tudo o que ele disse. Conversaram por horas. Volta e meia, ela repetia:

– Não posso ter nada contigo

Ele gania:

– Mas por quê? Por quê?

Ela, um enigma:

– Não posso.

Ele insistia, ele queria, ele tentava.

Quando a noite já se esvaía, ela sussurrou, afinal:

– Um beijo. Só posso te prometer um beijo. Só.

Meu amigo viu o sol luzir naquele instante, na última curva da madrugada. Ele precisava daquele beijo. Precisava. Abraçou-a. Suas faces se tocaram. Ele sentiu o cheiro doce e quente dela. E a beijou. Um beijo longo e ansioso que fez o tempo parar. Quando se afastaram, meu amigo balbuciou:

– Nunca tinha sentido algo assim.

Ela concordou, cabeça baixa:

– Nem eu.

Então pediu licença para ir ao banheiro. Levantou-se. Foi.

Não voltou mais. Ninguém a viu sair, ninguém sabia dela. Meu amigo ficou até de manhã zanzando pelas ruas do Moinhos de Vento, desesperado. Faz dias, já, que não se alimenta, que mal dorme, que não ri. Um beijo, um único beijo. E nada mais resta de um nobre coração.

A mulher mais linda da cidade

Sinval gritou um retumbante Virgem Maria Mãe de Deus! quando viu a revista pendurada na banca. "Tiramos a roupa de Shirley Santos", apregoava a manchete com o ípsilon vermelho de Shirley enrolado nas coxas da própria. Por todas as calcinhas rendadas do planeta, era a mulher dele!

Bem, ex-mulher, na verdade, mas isso não diminuía o choque. Nem sua angústia. O que ela estava fazendo ali, na capa daquela revista masculina de terceira categoria, vestida apenas com chuteiras de travas altas e meiões de futebol? E, além do mais, o Shirlei dela nem tinha ípsilon!

Sinval comprou a revista. Folheou-a sofregamente. Foi direto para o "ensaio" de Shirlei – agora eles chamam foto de mulher pelada de ensaio. Lá estava sua mulher (está certo: ex) completamente nua, sentada na marca do pênalti, pendurada no travessão, enrodilhada na trave feito a serpente do Paraíso, equilibrando a bola de couro entre os seios. Estava óbvio que a revista aproveitava o fato de que ela era sua ex-mulher. "Entramos na área do zagueirão Sinval", debochava um dos títulos.

Desgraçados. Brincavam com a frase que se tornara sua marca registrada:

– A área é a minha casa: nela só entra quem eu deixo entrar.

De fato, Sinval era o que se convencionou definir como zagueiro viril. Nunca, na sua carreira, enfeitara uma jogada, nunca sorrira para um atacante. Sinval era duro. Sinval era mau. Era preciso tomar cuidado com Sinval. Nem nos treinos ele brincava. Sinval era zagueiro de profissão, e isso era muito sério.

Contemplar sua ex assim exposta à admiração pública fez Sinval se sentir como se tivesse marcado um gol contra. Foi para o clube cabisbaixo. Por que Shirlei fizera aquilo? Logo Shirlei, sempre tão meiga, tão amorosa. Não bastava a rechonchuda pensão que ele fazia aterrissar na conta dela todo dia 5? Era para provocá-lo, só podia ser.

Ao entrar no vestiário, Sinval percebeu que um bolinho de jogadores se esfarelou quando ele se aproximou. Cada um foi para um canto, rindo. Todos riam. Seria dele? Então, Sinval entreviu a malfadada revista debaixo do braço do lateral-direito Bimba. Malditos! Era dele mesmo que riam. Claro que ninguém ia admitir. Todos temiam Sinval. Sinval era duro. Sinval era mau. Irritado, ele marchou para o pior treino da sua vida.

Nos dias seguintes, só o que via era a revista e as fotos da sua ex-mulher. Na TV, nos jornais, nas mãos dos vizinhos, a revista estava por todo lugar. E parecia que todos riam dele. Todos! Por que Shirlei fizera aquilo com ele? No domingo, na hora do jogo, o centroavante adversário sussurrou em seu ouvido, na cobrança de um escanteio:

– Cooooorno...

As imagens de Shirlei só de chuteira e meiões explodiram na cabeça dele como se fossem os fogos de artifício que o clube soltava antes dos jogos. Sinval se descontrolou. Desferiu um soco nos dentes do incauto centroavante, que caiu desacordado, já com dois pré-molares a menos. O juiz marcou pênalti, Sinval foi expulso, a torcida ficou catatônica na arquibancada. Na saída de campo, os repórteres perguntavam o que havia acontecido, ele não respondeu. Não insistiram. Também eles tinham medo de Sinval. Sinval era duro. Sinval era mau.

No chuveiro, mais calmo, Sinval pensou na ex. Como estava linda na revista. Nunca havia lhe parecido tão deslumbrante. Todos os homens a desejavam, agora. Todos desejavam a mulher que ele tivera um dia. Sinval lembrou dos momentos bons que eles compartilharam no recôndito do lar. As comidinhas que ela preparava, as madrugadas que passavam vendo filmes na TV e comendo pipoca, as noites em que ela dormia de colherinha com ele.

Era uma mulher carinhosa, Shirlei. Generosa, também. Doce. E linda, as páginas da revista provavam que ela era a mulher mais linda da cidade. Justamente essa mulher ele tivera um dia, e agora não tinha mais. Justamente essa. Por que a abandonara? Por causa das outras tantas que o assediavam nos bares, no entorno do estádio? Deus!, Sinval trocara a melhor de todas as mulheres por aquelas vadias fúteis.

Sozinho no vestiário, ele sentou-se no piso frio. Deixou que a água do chuveiro caísse sobre sua cabeça. E então o zagueirão Sinval chorou. Sinval, o zagueiro duro, o zagueiro mau, o zagueiro que todos temiam, chorou.

A tara de Roberta

Uma noite, Roberta chegou à conclusão: havia se transformado numa tarada. Só pensava na ideia que tivera ao ver os treinos de boxe da academia. Só naquilo, naquilo, maldição! No começo, rechaçou o pensamento. Tratava-se de uma fantasia, nada mais.

Mas, com o tempo, a fantasia foi se solidificando, tornando-se real. Agora, ela precisava fazer. Precisava! As semifinais do campeonato interno de boxe da academia seriam realizadas no sábado. Era a sua chance. Teria coragem?

Tinha de angariar coragem de algum lugar da alma. Havia tanto tempo que assistia aos treinos de boxe... Fazia ioga na mesma academia (iôga, com "o" fechado). Um dia, depois da aula, quando procurava um local tranquilo para recitar os mantras novos que aprendera com seu guru, descobriu a ala do boxe. Encantou-se.

Aquele esporte másculo, quase ao ponto de se tornar animalesco, aquilo era a essência da virilidade. Dois homens seminus se espancando – Roberta nunca se deparara com algo tão excitante em toda a sua cordata existência. Então, teve a ideia. E a ideia nunca mais a abandonou. Sonhava com a ideia, passava os dias pensando na ideia, a ideia a estava deixando doente!

Resolveu: vou fazer. Vou! Na sexta-feira, véspera das semifinais, tomou as providências: fez massagens com óleo de calêndula, tomou banho de sais, passou cremes malaios por todo o corpo (não há nada igual ao creme malaio). Finalmente, vestiu uma calcinha de rendinhas, minúscula, menor do que um guardanapo dobrado em dois. Olhou-se no espelho. Aprovou: achava-se apetecível. Em seguida, subiu num par de escarpins, enfiou um vestidinho mínimo pela cabeça e se foi para a academia, ondulando. Cada passo era-lhe uma carícia. Nunca se sentira tão mulher na vida. Tomara a decisão certa.

Sim, era uma loucura, mas tinha de cometê-la. As respirações cessaram, quando ela entrou na academia. A presença de Roberta sempre alvoroçava os lutadores, mas, vestida daquele jeito, puxa... Não havia como se concentrar em *jabs* e cruzados, com uma mulher daquelas por perto. Roberta aproximou-se deles. Apontou para os quatro semifinalistas:

– Quero falar com vocês.

Eles se entreolharam. Reuniram-se em torno dela, tímidos dentro de seus calções. Roberta respirou fundo.

– Amanhã, vou dar um prêmio ao vencedor do campeonato.

Eles se entreolharam de novo.

– O prêmio... – ela vacilou por um segundo. Suspirou. Foi em frente, com coragem: – Sou eu!

Kid Juremir arregalou os olhos, Betão Betoneira quase caiu para trás, Gabriel Mãos de Lajota levou a grande mão à boca, Mulá Moreira fez ó. Nenhum deles conseguiu falar. Nem precisavam. Roberta prosseguiu, decidida:

– Amanhã, depois da final, estarei esperando o vencedor lá na salinha do iôga. Sobre o tatame. Nua.

Dito isso, girou nos calcanhares e se afastou, rebolando como jamais uma mulher rebolou diante de um ringue. Os quatro lutadores se entreolharam mais uma vez. Cada um deles viu, nos outros, os inimigos de morte. Em dois segundos, sentiram o ódio que lhes nasceu no umbigo e se lhes espalhou pelo resto do corpo. Eram feras se encarando. Eram nada mais do que animais. Sabiam que só um deles sairia vencedor. Só um.

No dia seguinte, os poucos assistentes que foram à academia testemunharam as lutas mais selvagens da história do boxe municipal. Kid Juremir e Gabriel Mãos de Lajota quase se mataram, na primeira luta. Machucaram-se muito, os dois.

Uivavam com o esforço que faziam para se esmurrar um ao outro. Ao cabo de oito assaltos, Mãos de Lajota preparou-se para golpear o Kid, e Roberta, na primeira fila, abriu lentamente as pernas. Mãos de Lajota olhou para baixo, anteviu uma renda da calcinha negra. Sorriu. Foi do que se aproveitou o Kid, que lhe desferiu um gancho feito uma martelada na ponta do queixo.

Mãos de Lajota saiu da lona direto para o pronto-socorro. Na segunda luta, a mesma coisa. Ao oitavo assalto, Roberta abriu um pouco mais das pernas. Quem se distraiu foi Betão Betoneira, que terminou retirado da academia com o nariz virado numa couve-flor. O Kid e o Mulá foram à final. Estavam tão feridos que o juiz queria adiar a luta. Eles não aceitaram. Subiram ao ringue bufando. E começaram a se agredir. Era isso que faziam: não lutavam, agrediam-se. Lá embaixo, sentada ainda com os joelhos semiabertos, Roberta soprava uma palavra com os lábios: "Nua... Nua...". Nesse momento, o Kid não aguentou mais. Berrou, detrás do protetor bucal:

– Nããããããããããõooooo!!!

E partiu para cima do Mulá como se fosse um Mike Tyson com dor de dente. Bateu tanto, com tamanha fúria, que, antes mesmo de o juiz encerrar a luta, Roberta se levantou e foi para a salinha do iôga. Sabia que o Kid ganharia o troféu. Na sala, tirou a roupa lentamente e deitou-se nua.

Deixou apenas os escarpins e uma gargantilha. Ficou imaginando que seria possuída por uma fera ensanguentada e aquilo lhe deu prazer. Muito prazer. Ouvia o rumor da luta, que se encerrava e antegozava os momentos de loucura que usufruiria. Em cinco minutos, a porta da salinha se abriu. Kid apareceu, sem as luvas, mas de calções e botinas, coberto de sangue e hematomas. Estava realmente machucado. Realmente. Deitada de costas no tatame, Roberta arfava de desejo. Olhou para ele e gemeu baixinho. O Kid ofegava. Com a mão na maçaneta, fitou-a com um único olho – o outro estava inchado. Daquele olho, relampejava o ódio.

– Desgraçada! – rosnou. – Desgraçada! Era isso que você queria? Era isso?

Aproximou-se dela mancando, o sangue a gotejar no chão. Enquanto caminhava, gritava:

– Era isso? Era isso???

Roberta, com a boca entreaberta, os lábios carmim, ia explodir de prazer.

– Um bicho – sussurrava ela. – Você é um bicho!

Quando estava quase sobre ela, o Kid parou. Repetiu, aos berros:

– Era isso que você queria? Diz: era isso???

Ela admitiu, num fio de voz:

– Era... Agora vem! Vem, meu bicho!

O Kid sorriu, enfim, e em seu sorriso havia malícia dos vencedores.

– Eu sabia – disse ele, agora sereno. – Eu sabia. Mas você não vai levar. Não vai vencer!

Assim, o Kid deu meia-volta e se foi, claudicando, sem nem mais olhar para Roberta nua, deitada de costas, só de escarpins e gargantilha, derrotada.

Definitivamente derrotada.

Minha morte

O velho senador Pinheiro Machado, chamado com reverência de O Chefe por seus colegas congressistas, prócer da Primeira República e o mais importante antepassado dos meus amigos Zé Antônio e Ivan, pois o senador Pinheiro Machado ensinava amiúde aos seus discípulos:

– Vista sempre roupas de baixo de seda. Se a morte chegar de surpresa, você será um defunto digno e bem composto.

O senador soube ser um defunto decoroso. Quando uma punhalada traiçoeira ceifou-lhe a vida, estava impecavelmente trajado com a seda mais macia.

Eu cá fico pensando numa morte gloriosa. Tipo: estou escrevendo e o celerado irrompe na Redação. Tem uma arma na mão direita. Olha-me com fúria.

– David Coimbra! – grita, silenciando o ambiente.

Cento e oitenta pares de olhos giram na direção dele e dele para mim. Pressinto a gravidade da situação. Ponho-me de pé.

– Você me destruiu, David Coimbra! – continua, brandindo a arma, perdigotos de espuma branca saltando-lhe da boca. – Todos os meus planos de enriquecer com a exploração de milhares de velhos e criancinhas foram pelos ares por sua causa! Por sua causa!

Então compreendo: eu havia gorado os planos malignos daquele bandido com minhas denúncias no jornal.

– Vou te matar! – ele está fora de si.

Meus colegas começam a gritar:

– David, corra! Corra!

Mas estufo o peito:

– Prefiro morrer com dignidade.

E o outro: PÁ!, desfere o tiro. Cambaleio, a mão no coração. Ele sai correndo, mas logo é imobilizado pelos guardas do prédio. E ela: ela está ali adiante, no outro canto da sala. Ela assistiu a toda a cena e agora vê que vou cair. Se precipita para mim, desesperada:

– David! Oh, não! David! Davizinho!

No momento em que desabo, ela me abraça. Estamos os dois no chão, ela sentada, minha cabeça pendente sobre o colo dela.

– Oh, não – balbucia. – Oh, não!

Olho nos olhos dela. Ela entende que vou morrer. Que é o fim.

– Meu amor – ela se emociona. – Meu amor! Te amo! Sempre te amei! Fui uma tola por não ter dito isso antes! Uma tola! Uma tola!

Ao que, abro a boca. Vou falar algo. Mas a voz me falta. Cerro as pálpebras. É o fim. Ela jamais saberá quais seriam minhas últimas palavras.

The end.

Ela urra, enlouquecida de dor:

– Oh, não! Meu amor! Meu amor!

A Redação inteira assiste, de olhos marejados.

Ah, que morte! Que doce morte!

A jaqueta marrom

Tenho uma jaqueta marrom que, quando a visto, sei lá, acho que fico parecido com um daqueles americanos que cruzam os Esteites de costa a costa, indolentes em seu carros conversíveis, sem dar importância a nada, nem a ninguém. Um Bruce Springsteen, talvez.

Legal. Mas o problema é que ela é marrom. Faz-me lembrar do Roberto Carlos. Porque o Roberto Carlos odeia marrom, jamais bota roupa marrom. O Rei é supersticioso. Ouvi dizer que ele não gosta de virar à esquerda, quando está de carro. Imagino-o chegando ao aeroporto, querendo ir para o Gigantinho, mandando o motorista não dobrar à esquerda, acabando em Gravataí.

Pois é, mas ainda que as esquisitices do Rei sejam de fato esquisitas, termino por levá-las a sério, em algum momento. Fico olhando para a minha jaqueta marrom.

Levo a mão ao queixo. Pergunto para o cabide: uso? Uso, uso. Mas sempre hesito. Sou influenciável. Cortar as unhas, por exemplo. Uma vez minha mãe disse que cortar as unhas de noite deixa a gente desprotegido contra os maus espíritos. Ora, não acredito em maus espíritos e tampouco no poder protetor das unhas integrais, mas quem disse que consigo cortar unha à noite?

E o sal, então! Se derramo sal, de imediato jogo três pitadas por cima do ombro, que é o antídoto contra a má sorte provocada pelo sal derramado. Não interessa quem esteja na mesa de trás, lá vai sal. Sempre fico meio sestroso, quando derramo sal.

Se um gato preto passa pela minha frente também me dá alguma inquietação. Mas não chego a extremos como o meu amigo Amilton Cavalo. Um dia, um gato preto passou em frente ao Amilton. Como é sabido, para bloquear os malefícios de uma passada de gato preto pela frente, só se a vítima der uma volta completa em torno do bicho. Bem, o Amilton tentou fazer isso. O gato correu. O Amilton correu atrás. O gato correu ainda mais, gatos são assaz velozes, alcançam cinquenta quilômetros por hora. O Amilton se esforçou, perseguiu o gato por quadras, subiu toda a lomba da Plínio. Lá em cima, perto da Carlos Gomes, o gato homiziou-se sob um carro, o Amilton deu a volta no carro e ficou finalmente sossegado.

Superstições são irresistíveis. Porque é penoso acreditar que nosso destino depende exclusivamente do esforço que empreendemos, do comportamento que temos.

Precisamos crer que existe algo mais neste Vale de Lágrimas. Algo mágico, superior, invisível, poderoso o suficiente para nos presentear com a felicidade, afinal. Porque a felicidade é custosa e frágil, quebra-se à menor perda, e a vida é pontilhada de perdas. Então, se a felicidade depender de um gesto ou uma miçanga, por que não tentar? Por que não? Acho que não vou usar mais aquela jaqueta marrom.

A piada da Tânia

Há três semanas que a Tânia Carvalho ameaça contar a piada do astrofísico. Bem o oposto do meu amigo Jorge Barnabé com a piada da borracha.

Já escrevi sobre a piada da borracha: a pior piada do mundo. Cada vez que o Jorge conta a piada da borracha, um miasma fétido de mal-estar se espalha sobre o ambiente, as pessoas ficam como que mareadas, se dispersam antes que se possa dizer cucamonga. A piada da borracha acaba com as festas e os encontros. Mas o Jorge insiste em contá-la, não sei por qual motivo, talvez por alimentar a esperança de que alguém, algum dia, ria da piada da borracha. Então ele usa camuflagens:

– Conhece a última do japonês com hemorroidas?

É a piada da borracha disfarçada. Assim como a do papagaio gago. Ou a do padeiro pelado. Se ele vier com a proposta de contar uma piada desconhecida, não ouça. É a da borracha. E é horrível. A pior piada do mundo.

Mas a do astrofísico a Tânia jura ser genial. De ter dor de barriga de rir. A gente começa a gravação do *Café TVCOM* e ela diz que vai contar. Não conta.

– Deixa pra depois do programa – diz.

O programa começa. Nos intervalos, ela ri sozinha e comenta, entre risadas:

– Estava lembrando da piada do astrofísico. É boa mesmo, essa piada.

No final, estou angustiado:

– E a piada do astrofísico?

– Agora estou atrasada. Na próxima gravação, conto.

Três semanas assim. Nessa última, peguei uma carona com ela. Estávamos nessa. Eu: e a piada do astrofísico? Ela negaceando, dizendo que tinha de se preparar para contar, que a piada é muito boa, que não pode ser desperdiçada assim no mais, que precisa ser muito bem contada. Vínhamos pelas ruas do Moinhos de Vento, admirando o casario das margens, e aí, num rompante, a Tânia começou a falar sobre o amor. De que nesga do assunto antigo ela extraiu esse novo, isso não sei. Sei que ela proferiu (sim, a Tânia profere) uma frase perfeita.

– Quando a gente ama de verdade – filosofou, imiscuindo-se no trânsito da Goethe –, o amor nunca termina. Pode se modificar; terminar, jamais. Por isso é uma dor quando a gente se afasta de um amor – e a seguir a frase perfeita: – Cada amor que se vai é uma morte.

Fiquei em silêncio um momento, refletindo. Entramos na Princesa Isabel. Olhei para o pardal, que nos fiscalizava lá de cima do poste. Pensei: tem razão, a Tânia. E percebi que todos os poucos amores que tive estão no mesmo lugar, intactos. E lamentei a dor de morte que senti quando cada um deles se foi. E balbuciei:

– Isso mesmo: um amor que se vai é uma morte...

Nós na Ipiranga. Dei um beijo na Tânia, agradeci a carona e desembarquei suspirando. Já subia as escadarias, melancólico, quando dei um tapa na testa. Virei-me para o carro, que se afastava, e gritei, indignado:

– Pô, e a piada do astrofísico???

O plastiquinho da ponta do cadarço

Li a matéria sobre os garis que ninguém vê, publicada na *Zero Hora*. A Deise Nunes de uniforme laranja, varrendo a rua bem varridinha, e a turma nem bola. Certo. Mas e o cantor de churrascaria? Eis um solitário. Churrascaria lotada, 250 pessoas se lambuzando com salada de maionese, trinchando salsichões. O cantor de churrascaria aciona seu sintetizador. Dedilha um tchéin na guitarra. Ataca de Djavan:

– Fez a Via Láctea, fez os dinossaaauros...

Isso em poderosas caixas de som, a maior estridência. As pessoas no entorno ouvem o cantor de churrascaria, a quadra inteira ouve. Ninguém o vê. Pior: ninguém o escuta. Mal sabem que música ele está cantando. Só que um cantor de churrascaria obviamente tem pretensões artísticas. Imagino-o em casa, deitado de bruços na cama, compondo uma canção com a sua Bic. Ele colocou todo o seu coração naquela música, todas as dores que sofreu por causa de um amor perdido, toda a alegria que sentiu ao encontrar um novo amor, tudo o que vai na alma do cantor de churrascaria está posto ali, na letra singela da sua composição.

Mas ele poderá enfim executá-la? Poderá tocá-la na maldita churrascaria? Não! O dono da churrascaria, os frequentadores, os garçons, eles rejeitam experiências. Aceitam apenas Robertos, Erasmos, Chicos e Caetanos.

A música do seu próprio cantor, ah, essa não, essa de jeito nenhum.

Humpf.

E o cara que faz o plastiquinho da ponta do cadarço, então? Já pensou no cara que faz o plastiquinho da ponta do cadarço? Não sei como se chama aquilo. É um canudinho de menos de centímetro, que aperta as pontas dos cadarços. Alguma vez você tentou enfiar os cadarços no sapato sem aquele troço? Impossível. É preciso lamber a ponta do cadarço para afiná-la, um nojo. E às vezes nem funciona. O plastiquinho da ponta do cadarço é indispensável. Mas ninguém jamais pensa no cara que faz o plastiquinho da ponta do cadarço! Pois existe alguém que faz isso, quero informá-lo, prezado e indiferente leitor. Alguém que tem seus medos, suas dores, seus amores, seus sonhos, suas alegrias. E entre elas não está a do reconhecimento, não mesmo – ninguém nunca cogitou agradecer ao cara que faz o plastiquinho da ponta do cadarço pelo seu serviço inestimável.

Humpf, humpf.

Poderia encher páginas com uma ode aos profissionais esquecidos. O trocador de lâmpadas de poste, o nosso amiguinho taxidermista... Enfim, não é só o gari que sofre. Não, não, não!

O Professor Juninho quer casar

Chega um momento na vida em que um homem precisa dizer:

– Basta!

Foi o que o Professor Juninho disse, ao acordar ao lado de mais uma loira linda e nua. Sua vida se resumia a isso, nos últimos anos: a noites de sexo enlouquecedor com mulheres belíssimas de quem ele mal sabia o nome. Não aguentava mais.

– Basta! – gritou mais uma vez o Professor Juninho, enxotando a loira da sua cama, atirando-lhe nos seios rijos a minissaia minúscula e as botas de cano alto. Ela se foi, deixando no quarto apenas o rastro de perfume e a lembrança dos desvarios que cometeram durante a madrugada. Naquele instante, Juninho tomou a resolução:

– Quero casar.

Foi quando começaram os seus problemas. Porque as mulheres não querem saber de compromisso com o Juninho. Aproximam-se dele, levam-no para a cama, fazem TUDO com ele e depois partem. Elas não acreditam mais que ele pense em algo honesto e maduro e adulto. Não acreditam nas suas boas intenções. Então, os relacionamentos do Juninho são sempre superficiais. Sexo, prazeres, loucuras. Nada mais.

Dia desses, o Professor Juninho estava com uma morena espetacular. Sabe essas morenas espetaculares?

Pois é, ele estava com uma. A morena o içou para o terraço do triplex onde ela mora. Começou a agarrá-lo. A boliná-lo. Abatido, desencantado, Juninho permitiu que ela fizesse o que queria. Ao mesmo tempo, olhou para baixo e viu que no salão acontecia uma festa familiar. Aniversário de criança, decerto. Meninos e meninas corriam, ruidosos, entre as mesas. Os casais conversavam pachorrentos diante de empadinhas e guaranás diets.

Juninho suspirou, enquanto a morena desabotoava o sutiã e seus seios, blop!, blop!, saltavam agressivos para o exterior, causando deslocamento de ar. Juninho desviou os olhos daqueles seios empinados e arfantes. Voltou a olhar para o salão de festas. Ele queria estar lá embaixo, queria ser um daqueles maridos, um daqueles pais. Queria uma vida caseira, uma vida decente.

Uma vida familiar. Isso: queria uma família! Nada de sexo casual! Nada de perder a sanidade de tanto prazer! Nada de mulheres alucinantes! Juninho queria uma esposa. Mas as mulheres não querem casar com o Juninho. As mulheres não o levam a sério. Elas só querem que ele as use, depois as jogue fora. O Professor Juninho, agora, anda desolado pela noite, em busca de uma mulher de verdade, uma mulher que não seja descartável. Faz meses que arrasta sua solidão pelos bares, pelas boates, pelas esquinas escuras da cidade.

Pobre homem. Será que um dia, haverá uma mulher que aceite casar com o Professor Juninho?

O bigode e o mocotó

Há duas coisas que as mulheres de hoje detestam: bigode e mocotó. O que diz muito sobre elas. Você quer saber algo sobre as mulheres do século XXI, pense nisso: elas têm ojeriza a bigode e a mocotó. Explico, dois pontos: Peguemos o mocotó. Um prato saboroso e deveras nutritivo. Porém, a maioria das mulheres não pode ver uma borbulhante panela de mocotó ou mesmo do seu primo-irmão, o mondongo, sem dizer blergh. Menos pelo caráter borrachudo de alguns ingredientes e mais por sua aparência caótica. Porque, afinal, lulas fritas são tão elásticas quanto rodelas de intestino de boi, e as mulheres concebem lulas fritas como iguarias, mas sentem engulhos só de ler: "rodelas intestinais".

No cálculo da apreciação feminina do mocotó não entra, pois, o gosto. Gosto que deveria ser prioritário no processo de avaliação de qualquer alimento. Nesse cálculo entra, tão somente, a aparência. Certo. Agora, o segundo ponto. O bigode. Entrevistei mulheres aqui mesmo da Redação acerca do bigode. A Dione Kuhn vinha passando diante do meu terminal e a detive:

– Dione, me responde: o que você acha do bigode?

A Dione, com verve germânica, tascou:

– Não.

E se foi ereta rumo à Política. Resposta esclarecedora. Peremptória. Não, pronto. Nada mais a declarar.

Aí a Paola Deodoro sentou-se na paginadora que fica ao meu lado.

Olhei para ela:

– Paola, o que você me diz do bigode?

Fúria repentina.

– Se meu marido deixa o bigode crescer – começou, perdigotos de raiva caindo sobre o teclado, inundando o pê e o efe –, se ele deixa crescer, espero que durma e raspo tudo! Tenho nojo de bigode! Bigode é coisa de pilantra! Pilantra! Pilantra!

Não toquei mais no assunto, por cautela. Esperei que a Laurinha Coutinho se aproximasse. A Laurinha é a tolerância de cabelos castanhos. Arrisquei:

– Laurinha, e o bigode, que tal?

Ela sorriu de lado:

– O bigode é meio o ó.

Meio o ó. Insulto grave, em se tratando de Laurinha.

Logo, o bigode foi sobejamente desaprovado. Por que esse ódio ao bigode e ao mocotó? Direi: pela mesma razão que só faz aumentar o prestígio dos seios balofos. É a estética norte-americana! Hollywood, compreende? Esteites. Os padrões de beleza de nossas mulheres são os padrões americanos. De nada adiantam os Olívios e os Rivellinos, de nada adiantam nossas tradições gastronômicas ou o rijo e saudoso seio que cabia na mão em concha. Você quer agradar as mulheres modernas? Mantenha o rosto glabro. Coma sushi. Reconheça, enfim: eles venceram. O cinema nos derrotou.

Afinal, o que nos resta?

Éramos oito em torno à mesa.

Descrevê-los-ei.

Ivan Pinheiro Machado, 51 anos, editor, separado. Homem que conhece a beatitude de um longo e feliz casamento e a dor do aparte. Tornou-se um niilista. Está sempre com uma frase curta e uma exclamação seca pendurada nos dentes:

– Tudo acabou!

Eduardo Delgado, 40, advogado. Está namorando. É de poucas palavras, mas profundas reflexões.

Sérgio Lüdtke, 42, jornalista, separado. Também namora e, como sua namorada é braba, nada declarou durante a noite.

Luís Fernando Gracioli, 36, jornalista, estado civil ignorado. Também conhecido como Professor Juninho. Trata-se de um coração empedernido, de uma alma gelada.

Atílio Romor, 38, casado, gerente do Lilliput, proprietário do Jazz Café. De tipos como ele, Millôr Fernandes já comentou: “Ah, o estranho fascínio do dono de bar...”.

Régis Coimbra, 34, analista de sistemas. Namorando. Não por acaso, meu irmão.

Eu, 41, solteiro, jornalista, três antigos relacionamentos impressos a fogo nas coronárias.

Um homem casado que trai a mulher, 35. Sua identidade não será revelada nem sob o garrote vil.

Nossa missão: discorrer sobre o papel do homem nos modernos relacionamentos, descobrir, afinal, o que nos resta. Posta a pauta, o Ivan logo tascou:

– Nada nos resta. Tudo acabou!

– Nós já fomos ídolos, nós homens... – suspirou o Régis.

– É – concordou o Eduardo.

– Éramos os provedores do lar e, no sexo, o controle era nosso – lembrou, nostálgico, o casado que trai, para arrematar, amargo: – Mas agora muitas delas ganham mais do que nós e fazem sexo a todo momento.

– A todo momento! – exaltou-se o Juninho. Em seguida, virou-se para o garçom: – Por favor, um *rolmops.*

Todos os demais:

– *Rolmops*?!? Que nojo!

– Blé – comentou o Eduardo.

– *Rolmops* é ótimo – argumentou o Juninho. – O problema do *rolmops* no Brasil é que aqui não é de arenque, é de sardinha.

– Olha só esse cara falando do problema do *rolmops* no Brasil – observou o Sérgio.

Pedimos filés.

– Hoje as mulheres saem mais do que nós – continuou o Régis.

– Saem aos bandos – testemunhou Atílio. – Aos bandos!

– Ih... – Eduardo balançou a cabeça, partindo uma batata *sauté.*

– Para onde vão essas hordas de mulheres? – quis saber o Ivan. – Para onde???

– Hoje elas exigem muito mais de nós – suspirou o Régis. – Os caras no velho estilo estão perdidos.

– Cornos em potencial – observou o Juninho.

– É preciso ser duro – ensinou o casado que trai. – A fórmula certa é: mulher e amante.

– Sou um monógamo convicto – propaguei, brandindo a caneta. – Um fiel!

– Mas os bonzinhos só se dão mal – ajuntou o Juninho. – Antes canalha que bonzinho.

– Isso é – ponderou o Eduardo.

– Que época horrível a que vivemos – balbuciou o Ivan, e levantou-se para ir ao banheiro.

– O que nos resta, então? – tornei. – O que nos resta???

Silêncio. Ouvíamos os chopes sendo engolidos. Aí o Atílio:

– Sei o que nos resta.

Olhamos para ele. Tinha a convicção pendendo de cada fio da barba de três dias. Todos queríamos saber o que nos resta. O quê??? Atílio baixou a voz. Falou, enfim:

– O romantismo.

Novo silêncio. O estranho fascínio do dono de bar...

– O romantismo... – repetiu o Sérgio, afinal.

– É mesmo – disse eu.

– É – meditou o Eduardo.

Trocávamos olhares de entendimento. O romantismo. De fato. O Ivan voltou do banheiro. Sentou-se.

Sentiu que tínhamos compreendido algo, finalmente. Perguntou o que falávamos. Expliquei:

– O romantismo. O que nos resta é o romantismo.

Ivan engoliu o chope. E mandou:

– Elas estão se lixando para o romantismo. Tudo acabou!

E o Eduardo:

– Tudo acabou!

Certo o Eduardo, realmente, um homem de profundas reflexões.

Bolinho de batata

A Luana Piovani tinha que saber fazer bolinho de batata. Pensei nisso ao sair da sessão do divertido e inteligente *O homem que copiava*, do Jorge Furtado. Lembrei das cenas em que a Luana aparece com um palmo da barriga macia de fora, a pequena rosa do umbigo luzindo para o deleite do mundo, e concluí: cara, essa mulher PRECISAVA conhecer a arte de confeccionar um bom bolinho de batata. Mas garanto que não sabe.

Garanto, inclusive, que você aí deve estar dizendo:

– Ora, a Luana Piovani não é mulher de fazer bolinho de batata.

Pois é justo onde você se engana. Precisamente a Luana Piovani é que deveria ficar mais atenta às formas competentes de se cozinhar bolinhos de batata.

Vou explicar: tenho uma relação especial com o bolinho de batata. Isso começou no recôndito do lar da infância, com minha mãe, dona Diva, fritando bolinhos de batata celestiais. Há que se esclarecer que existem pelo menos dois tipos de bolinhos de batata: os de batata ralada, apresentados ao comensal em formato de uma panqueca bem fornida, e os recheados, recheio esse quase sempre sendo de carne moída condimentada. Sou admirador de ambos os estilos e durante toda a vida procurei bolinhos de batata com a consistência ideal, sequinhos por fora, macios por dentro, bolinhos que não fossem por demais massudos, nem exageradamente molhados. Busquei tais bolinhos em bares, restaurantes e, ouso dizer, até em rodoviárias busquei.

Pois bem. Há alguns anos, discursava eu aqui na Redação acerca da inabilidade da mulher atual para fazer bolinhos de batata. Porque, com um mínimo de luzes, qualquer mulher consegue escrever uma matéria de jornal. Bolar um reclame publicitário, isso a mulher bola sem traumas. Como também desenha uma planta de prédio, fala inglês com fluência britânica, defende com candência uma causa nas barras dos tribunais ou até mesmo remove à broca uma cárie de molar. A mulher moderna faz isso tudo. Mas não faz bolinho de batata.

As mulheres, no afã da libertação do jugo masculino, decidiram que a culinária é uma arte menor, uma atividade que lhes restringe os movimentos aos azulejos da cozinha. "Sou uma mulher moderna e independente", elas dizem. E acrescentam, com orgulho: "Não sei fritar um ovo". Não sei fritar um ovo!, é o que arrostam à Humanidade. Para a mulher de hoje, que fuma e moureja por seu salário e faz sexo casual e dirige seu carro, cozinhar tem um certo odor de submissão.

ERRADO!

Cozinhar é um ato de amor, uma arte sofisticada e delicada, que exige criatividade, concentração e inventividade, mais útil e valiosa que quaisquer belas-artes ou beletrismos.

Tudo isso eu dizia, aqui na Redação, e minha mulher, que zanzava por perto, ouviu. Certo.

À noite, quando cheguei em casa, o que encontrei me esperando quentinho e fumegante? Se você respondeu "um prato de bolinhos de batata!", você é mesmo bidu. Ela deslindou uma receita e, em poucas horas, fez os mais belos, nobres, meigos e deliciosos bolinhos de batata da minha vida.

Agora me diga: poderia haver mais comovente prova de amor e dedicação do que essa??? Talvez você aí argumente: "Mas a tua mulher não era a Luana Piovani...". Arrá! Pois lhe direi uma coisa, rapaz: ela é MAIS BONITA que a Luana Piovani. Sempre foi. Entendeu, incréu? As belas mulheres, as mulheres fascinantes, inteligentes, graciosas e meigas, são essas que têm de saber fritar bolinhos de batata. Porque então elas se tornam completas, se tornam as obras máximas da Criação e tornam o mundo um lugar aprazível de se viver.

Uma bela mulher, ao aprender os segredos e mistérios de um caseiro bolinho de batata, eleva-se à condição de ser Mulher com eme maiúsculo. Enfim, uma mulher de verdade.

A escova da Branca de Neve

Minha escova de dentes é da Branca de Neve. Sem querer. Precisava de uma escova nova, aqui na *Zero Hora*, e fui comprar no postinho do outro lado da rua. Cheguei ali, peguei uma escova aleatoriamente, nem vi direito qual era. Escovei os dentes uma vez, duas, qualquer cafezinho me faz escovar os dentes. Aí está algo que aprendi, na looonga estrada da vida – escovar os dentes é muito, MUITO importante. Ah, se soubesse disso antes... Mas, como ia contando, só pela terceira escovada percebi: com mil incisivos, comprei uma escova da Branca de Neve! Olhei para os lados. Estava sozinho no banheiro. Será que alguém, nas escovadas anteriores, viu a minha escova da Branca de Neve? Maldição.

Examinei a escova. Decidi jogá-la fora. Só que, puxa, estava gostando dela. Não por ser bonitinha, que é, mas por escovar bem. Tão macia. E, como é pequena, intromete-se em quaisquer desvãos entre os molares, feito um hamster. Fui ficando com ela. Passei a ter cuidado. Quando alguém entra no banheiro, cubro o desenho colorido da Branca de Neve com o polegar e tento continuar escovando com naturalidade. Em seguida, meto-a numa pequena bolsa. O problema foi que dia desses me distraí, deixei-a repousando na pia enquanto passava fio dental. O Jones Lopes da Silva entrou no banheiro. Logo o Jones, gozador e fofoqueiro! Eu estava longe da escova, não a alcançava. O Jones veio vindo. Dei um passo na direção da escova. Ele veio. Veio. Avancei outro passo. Torcia para que ele não olhasse para a escova. Mas ia olhar, claro: pretendia usar a pia, não havia como não olhar. Eu tinha que desviar a atenção dele. Como???

– Viu aquilo dos maiores seios do Brasil, Jones?

Ele parou. Virou-se para mim.

– S-seios?

Deus é pai. Fui me aproximando da escova.

– A Cristina Mortágua. Botou silicone. Disse que agora é dona dos maiores peitos do Brasil.

O Jones sorriu com a ideia.

– Que tamanho? – salivou.

– Grandes. Bem grandes. E redondos.

Mais um passo.

– Redondos?

– Praticamente duas bolas de futsal – levei as mãos em concha até o peito. O Jones arregalou os olhos.

Aproveitei e peguei a escova! Peguei! O Jones sorria para o azulejo branco da parede.

– Duas bolas... – repetiu, sonhador.

Escorreguei para fora do banheiro. Suspirei, ao sentar a salvo no meu lugar. Tudo para não virar motivo de chacota da Redação inteira. Agora entendo os que reclamam das piadas do *Casseta & Planeta* contra os gaúchos.

Entendo. O Casseta e o Jones, esses realmente não dá pra aguentar.

Como embriagar uma esposa

Estão casados há uns 25 anos. Namoram desde os albores da pré-adolescência. Conheceram-se a vida inteira, ele sabe tudo, tudo sobre ela. Tudo. Tem só uma dúvida. Que manifestou meses atrás, enquanto tomávamos capuccino no bar da Redação:

– Nunca vi minha mulher bêbada.

Olhei para ele. Nunca? Nunca. Ela não bebia. Jamais havia bebido. Com exceção de um único ano de sua vida: o ano em que tinham terminado o namoro. Aquele ano, a esposa bebeu. Ela própria admitiu, depois. Mas estavam separados, ele pouco a encontrava. Mais tarde reataram, noivaram, casaram-se. Quando ele perguntava a respeito daquele ano, ela fazia um vê com as sobrancelhas:

– Não quero falar disso.

Ele não insistia. Mas, de uns tempos para cá, tem pensado no assunto. Por que ela não bebe com ele? Por que nunca mais bebeu? Como ficará bêbada? O que estará escondendo? Meu amigo está perdendo o sono e a serenidade.

– Preciso ver minha mulher bêbada – murmura, cada dia parecendo sentir mais dor. – Como posso fazer para vê-la bêbada? Isso ainda vai acabar comigo. Vai acabar com meu casamento.

O problema do meu amigo tem me atormentado também. Alguém aí me diga: como embriagar uma esposa abstêmia? Essa resposta pode salvar um casamento.

Vestido de noiva

Ela fitava o vazio com seus olhos claros, alheia ao entrechoque de assuntos dos amigos da mesa. Então, falou com voz suave porém límpida, e o que disse nos silenciou de um golpe. Nem tanto devido ao suspiro que tinha pendurado na vírgula daquela frase, mas por seu significado:

– Meu vestido de noiva era branco, agora está bege.

Todos os olhares se engancharam nela. Havia uma história ali, e ela queria contá-la. Talvez precisasse contá-la. Disse, ainda com o olhar no nada:

– Um dia, um homem com grisalho nas têmporas largou tudo por mim.

Tudo. A casa, a mulher, os filhos, o emprego, a vida inteira ele decidiu mudar por ela. Resolveram se casar. Marcaram a data. Ela mandou fazer o vestido de noiva. Branco. Alvíssimo como a virtude. Aí, ela vacilou. Ficou em dúvida, não sabia mais se queria. Ele não suportou. Sumiu. Ela se arrependeu, ansiava por dizer a ele que o amava, sim, que o queria. Mas ele havia desaparecido.

O vestido está guardado desde aquela época. Vez em quando ela o tira da gaveta, experimenta-o, olha-se no espelho, pensa que seria uma noiva tão linda. Na tarde daquele dia em que estávamos juntos ela tinha feito isso. Abriu a caixa em que dormia o vestido, desdobrou-o e o vestiu. Mirando-se no espelho, disse para si mesma a frase que repetiria no bar:

– Meu vestido de noiva era branco, agora está bege.

E soluçou baixinho, prometendo ao céu não desistir de esperar a volta do homem com grisalho nas têmporas.

Wanderson Maicon e as vacas

Todas aquelas vacas. Wanderson Maicon nunca tinha visto tanta vaca na vida. Fora levado para uma estância no interior do Estado, recomendação do técnico e do psicólogo do clube, prontamente aceita por Suelen, com quem estava casado havia apenas seis meses. O caso é que Wanderson era louco por Carnaval. A cada Carnaval, ele não caía; desabava na folia. Com sorte, voltava ao clube na Quarta-Feira de Cinzas, o fígado virado num mondongo, escalavrado como um gato que retorna da farra cinco quilos mais magro. Tinha de passar por tratamento especial, o médico lhe receitava fortificantes, o preparador físico lhe ministrava trabalhos em separado. Tudo porque era o principal jogador do time.

Foi assim por vários Carnavais. Mas nesse não podia ser. No domingo seguinte ao Carnaval desse ano, o time jogaria partida importante, Wanderson Maicon teria de estar inteiro. Além disso, agora ele era um homem casado, precisaria se comportar. Saída: levá-lo para uma estância de um dos dirigentes do clube, uma fazenda encravada na fronteira oeste, distante dos tamborins do pecado.

Agora, lá estava ele, olhando para aquelas vacas. Tanta vaca. Wanderson Maicon nunca havia passado um sábado de Carnaval tão tranquilo, tão modorrento. E, ao mesmo tempo, tão aflitivo. Pensava nos amigos. A esta hora deviam estar na praia, bebendo, abraçados a loiras de biquíni. Olhou para Suelen. Era loira também, verdade, tinha pintado o cabelo de branco-ricota, como ele gostava. Mas, puxa, era sua esposa. Esposa, entende? Nada mais frustrante do que passar o Carnaval com uma esposa. A não ser que fosse esposa de outro – o pensamento fez Wanderson sorrir. Mas logo ele olhou de novo para as vacas todas e tornou a ficar abatido.

Assim transcorreu o sábado. Um sábado entre vacas, sem nem televisão para assistir aos desfiles das escolas de samba. O mais longo sábado de sua vida. No domingo, Suelen o acordou às sete da manhã, para o mate.

– Aqui é assim, amor – disse ela, sacudindo-o. – É uma vida saudável.

Sete da manhã. No ano anterior, era a hora em que estava chegando em casa. Wanderson Maicon tomou mate. Muitos mates. Na hora do café, olhou com alguma concupiscência para Noquinha, a cozinheira. Uma matrona, é preciso que se diga, mas era o que havia à disposição, naquele Carnaval. Wanderson ficou imaginando Noquinha nua por alguns minutos. Depois desistiu. Voltou a olhar para as vacas. Muita vaca.

Wanderson Maicon não conseguiu dormir, de domingo para segunda. Às seis, estava fora da cama. Mate, café, Noquinha, tudo igual. Mas, à tarde, um peão tentou ensiná-lo a montar a cavalo. Wanderson não conseguiu. Teve algum medo. Preferiu sentar-se à varanda e observar as vacas. Viu uma diferente lá adiante. Malhada. Não tinha prestado atenção naquela vaca malhada.

Terça-feira. Wanderson não quis mate. Nem café. Por pouco não beliscou as largas nádegas de Noquinha – Suelen chegou à cozinha a tempo de demovê-lo.

Wanderson decidiu ver as vacas mais de perto. Foi até elas, no campo. Passou algum tempo rondando-as, afagando-as de vez em quando, conversando. Sim, Wanderson Maicon conversou com as vacas, especialmente com a malhadinha.

Quarta-Feira de Cinzas. Wanderson Maicon voltou a Porto Alegre, enfim. Chegou ao clube ansioso. Os colegas se surpreenderam – ele apresentava olheiras fundas e azuis, e suas mãos tremiam.

– O que vocês fizeram no Carnaval? – foi sua primeira pergunta.

Lúcio Carlos, o zagueiro, sorriu:

– Fomos para Florianópolis. Alugamos uma casa ao lado de outra onde estavam dezesseis mulheres. Acredita, Wanderson? Dezesseis mulheres!

Wanderson abriu a boca. Seus olhos se encheram d'água. Os tremores aumentaram. Ele caiu desmaiado ali mesmo, na marca do pênalti. Sofreu um princípio de infarte. Aquele Carnaval foi muito estressante para o pobre Wanderson Maicon.

A vingança

Ninguém acreditaria que uma mulher daquelas, uma mulher orgulhosa, quase arrogante, uma dessas mulheres treinadas para jamais olhar um desconhecido nos olhos, ninguém realmente acreditaria que uma mulher assim não apenas olhou para o meu amigo, como se acercou dele e sussurrou ao seu ouvido:

– Meu noivo foi passar o Carnaval em Santa Catarina, e agora quero me vingar dele. Difícil de acreditar, sei, mas a realidade não precisa ser verossímil; a ficção, sim.

Meu amigo ouviu a frase daquela fêmea deslumbrante, daquele verdadeiro carro alegórico do prazer, enquanto bebia um chope inocente na calçada de um bar porto-alegrense, na sexta-feira subsequente ao Carnaval. Saiu dali de imediato, sem perder tempo com considerações, conduzindo-a pela mão até o carro, pensando: “Deus, chegou o dia da minha sorte”.

Não se enganou. Até a manhã seguinte, experimentou as horas mais deliciosas da sua vida. Ela fez de tudo com ele. De tudo. O sol já ia alto quando a deixou em casa, saciado e feliz.

Não a viu mais durante três meses. Numa manhã outonal de junho, ele estava no mesmo bar com a namorada e amigos. Preparavam-se para um demorado almoço de sábado. Eis que, lá adiante, é ela quem surge. Vem caminhando de mãos dadas com o noivo incauto.

Avista o meu amigo. E muda de rumo – marcha na direção dele, olhando para ele, sem hesitação. Meu amigo engole em seco, fica paralisado. O que ela pretende fazer? Ela não vacila, anda com passo firme, puxando o noivo. Meu amigo a fita com os olhos arregalados. Não ouve as conversas dos amigos, não presta atenção à namorada.

Ela se aproxima, está a três passos. Dois. Um. Então, abre um sorriso e, quando passa ao lado do meu amigo, tão perto que ele consegue sentir o odor suave do seu perfume, ela ronrona, com um olhar cúmplice:

– Oi...

Meu amigo só sabe dizer de volta:

– Oi...

E a observa ir-se embora, enquanto o namorado, intrigado, pergunta:

– Quem é esse?

Ao mesmo tempo que a namorada do meu amigo:

– Quem é essa?

Outro Carnaval chegou, outro Carnaval passou, e meu amigo não mais a viu. Só acumulou uma certeza, desde então: que as mulheres sabem se vingar. Ah, sabem.

A Nicole Kidman do Juvenil

Ela parava a piscina do Juvenil. Usava um biquíni entradinho, do tamanho de meio pedaço de pizza, em cima do qual não caberia uma fatia de tomate. Dos pequenos. Dos cereja. Caminhava como uma Nicole Kidman pelo clube, amassando corações com seus calcanhares macios, interrompendo conversas, fazendo ganir os homens e rosnar as mulheres. Lucila, seu nome.

Durante seu reinado inconteste, Lucila desenvolveu uma especialidade: vingar as amigas.

– Ela era o nosso Zorro – confidenciou-me Laura, uma das que um dia teve seu orgulho reparado por Lucila.

Sua técnica era simples e eficaz.

– Ela escolhia os homens – contou-me um de seus contemporâneos, sorvendo um chope no Lilliput. – Por Deus, escolhia... – E, balançando a cabeça, ainda incrédulo, apertou os lábios e levantou os olhos do prato de almôndegas. Fitaria o horizonte, se antes dele não houvesse a caixa d'água. Ergueu o copo. Suspirou como se aquilo lhe doesse. Prosseguiu:

– Escolhia. Eu vi – suspirou outra vez.

Entendi que diante de mim talvez estivesse uma das vítimas de Lucila. Silenciei, em respeito. Bebi um gole de chope. A vida é inclemente, às vezes. Pedi um filé xadrez. Pelo que apurei, a coisa se dava da seguinte forma: Lucila percebia que uma amiga estava sofrendo por amor não correspondido ou devido à traição. Aí decidia: isso não vai ficar assim. Era quando vestia sua sainha de tênis. Não revelo o detalhe da sainha de tênis apenas porque você está com os olhos postos na Editoria de Esportes. Não. Esse caso demonstra que nossos mais requintados clubes são agitados por algo mais do que prosaicas competições esportivas.

A história de Lucila está inscrita a fogo na vida quase sesquicentenária do Leopoldina Juvenil. Porque Lucila, já disse, parava a piscina do Juvenil com seu biquíni onde não caberia uma fatia de tomate cereja. Com a sainha de tênis era diferente. A sainha minúscula e o conjunto todo branco, tênis Bamba, meia soquete, uma camiseta apertada prestes a estourar ante a pressão dos seios aprisionados, essa combinação alvar dava a Lucila um ar de malícia inocente. Tornava-a irresistível. O homem escolhido estava lá, desprevenido, sentado em algum canto, conversando com os amigos, quando ela vinha da outra ponta do clube, ondulando, as bochechas das nádegas reveladas pela sainha. Ela vinha olhando fixamente para ele. Vinha e vinha e vinha e vinha.

Parava na frente da vítima. Sorria o seu sorriso de trezentos dentes. Ele sentia a respiração lhe falhar. Balbuciava:

– Meu Deus, que maravilha...

Havia sido capturado Nas semanas seguintes, Lucila brincaria com o pobre-diabo. Jogaria ele de um lado para o outro. Se insinuaria. Ele faria degustações do Paraíso, mas jamais lhe provaria um naco. Quando estivesse pronto, prontinho, dominado, ela o abandonaria sem nem lhe dar satisfações. Ao vê-lo aos pedaços, a amiga justiçada sorria e repetia o que me disse Laura:

– Ela é o nosso Zorro.

Pois bem. Muito se passou, desde então. Lucila parava a piscina do Juvenil numa época que se perde nas brumas do tempo, quando os volantes sabiam dominar a bola e os ponteiros levantavam a cabeça ao cruzar para a pequena área. Ela se casou com um homem sério, teve filhos, agora só veste roupas folgadas. Vai à praia de maiô. A glória antiga parecia soterrada por camadas de bom senso materno. Até que sua filha sofreu a primeira desilusão amorosa. A menina tem lá seus dezesseis anos, talvez dezessete. É bela, embora não seja esfuziante como um dia a mãe foi. Quem lhe arrancou uma lasca do coração foi um conhecido dom Juan da noite porto-alegrense, sete ou oito anos mais velho que a moça. A menina chorava, soluçante, a cabeça enterrada no travesseiro. A mãe não aguentou:

– Por onde anda esse rapaz?

– Ele vai no Juvenil – informou a menina, fungando.

Lucila apertou os olhos. Sabia o que fazer. Meia hora depois, lá estava ela, de sainha branca, ondulando à beira da piscina do Juvenil. Identificou o dom Juan. E se foi na direção dele. Enquanto caminhava, os homens que há duas décadas e meia lhe rendiam homenagens pararam de conversar, esqueceram as esposas, os filhos que corriam em volta. Observaram a cena, fascinados, como se tivessem entrado numa máquina do tempo. Até as esposas suspenderam as papinhas que davam para os bebês, a fim de assistir ao espetáculo. Lucila, o mesmo porte altaneiro, as pernas ainda em forma, os seios bem mais fartos sustentados por um precavido bustiê. Ela veio e veio e veio e veio, como antes vinha e vinha e vinha e vinha. A roda onde estava o jovem dom Juan se abriu diante dela. Ele de sunga branca, copo de uísque à mão, óculos espelhados na testa. Lucila sorriu seu antigo sorriso infalível, trezentos dentes à mostra. Seus contemporâneos gemeram de saudade, as esposas lhes beliscaram os antebraços. Lucila ainda era a rainha. Ainda era a Nicole Kidman do Juvenil.

Mas o pequeno dom Juan não sabia disso. Não sabia. Bebericando um gole do uísque, ele perguntou:

– Que foi, tia?

Lucila arregalou os olhos, o clube inteiro arregalou os olhos. Algo parecia estar se estilhaçando naquele momento. Eram os anos 70. Sim, os anos 70 estavam prestes a ruir, quando Lucila deu um passo na direção do rapaz e, com um movimento enérgico das ancas alargadas pelo tempo, lhe deu um golpe de ilhargas que o atirou na piscina, com o copo de uísque e tudo. O dom Juan ficou lá, batendo os braços, tossindo, tomando água com cloro. Lucila girou nos calcanhares e marchou de volta para casa, sob os aplausos do clube inteiro. Lucila, Lucila. Mais uma vez, ela havia parado a piscina do Juvenil.

Os novos umbigos

A velocidade das inovações do mundo moderno aumenta a cada hora, e aumenta também minha perplexidade.

Dia desses, fui ao Centro e deparei com uns trinta caras apregoando que compram ouro e cortam cabelo. Uns trinta, por Deus. Eles berravam com invejável energia e raras pausas para respiro:

– Compro ouro, corto cabelo! Compro ouro, corto cabelo!

Fiquei pensando naquilo. Seriam barbeiros que enriqueceram e resolveram diversificar suas atividades adquirindo metais preciosos? Lembrei de uma placa que encontrei certa feita na praia do Rincão, em Santa Catarina, afixada na fachada de um desses mercadinhos de secos & molhados. Lá estava o quadro-negro, rabiscado a giz: "Temos carvão e bolacha". Só isso: carvão e bolacha. Só.

Outra questão que muito tem me afligido são os umbigos das mulheres. É que os umbigos estão mais altos do que antigamente. Verdade, os umbigos assumiram importância inaudita depois do verão de 95. São adornados por *piercings*. Ficam expostos com maior frequência. Até no úmido inverno gaúcho os umbigos voejam em liberdade. Tenho uma amiga, uma bela morena de mais de metro e setenta, porte de manequim, pernas de bailarina, que, em visita à França, não se intimidou com a severidade do inverno europeu e saiu às ruas de miniblusa. Meias grossas, botas de cano alto, calça de veludo, casaco de basto pelame, mas inflexível miniblusa. Aquele umbigo abalou Paris. Meia hora depois de começado o passeio, ela teve de voltar correndo para o hotel, esbaforida, queixando-se, depois de irromper no quarto, as costas apoiadas na porta fechada:

– Uns tarados, esses franceses.

Pudera. Vocês precisavam ver o umbigo da minha amiga. Pois o dela, como os da maioria das moças do meu tempo, é mais alto do que os de antanho. Por que isso? Serão os abdominais? As bebidas gaseificadas? Que coisa.

Finalmente, tem a Daiane. Antes, nossos assuntos eram pontas dribladores, centroavantes goleadores, zagueiros viris. Agora, a Daiane acabou com tudo isso. Ontem mesmo, o porteiro do meu prédio, um magrinho manhoso que desfilou na Imperadores e mora no Partenon, veio falar comigo. Perguntou, todo seriedade:

– Será que na Olimpíada vai ser melhor a Daiane dar o duplo twist carpado ou o duplo twist esticado?

Mundo estranho.

Seus donos de hamster

Sempre me recusei a correr em esteiras de academia. Porque as pessoas que correm em esteiras de academia me lembram os hamsters. Passo diante das vitrines das academias, vejo as pessoas se esfalfando na esteira, dá vontade de apontar:

– Um hamster gigante!

Acontece que considero o hamster um animal estúpido. Passa a vida correndo naqueles globos de arame, sem ir a lugar algum. Além disso, ele não serve para nada. Não interage. Não é de comer. Nem sequer reconhece o dono da mão que o alimenta. No entanto, há muita gente que tem hamster por aí. Por quê? Respondo: para ter com o que se preocupar. O hamster é um tamagoshi peludo. Seu dono fica ali, cuidando dele, limpando suas fezes, sem jamais receber algo em troca, nem mesmo um olhar de agradecimento. Aí, o hamster morre e seu dono fica abatido. Enterra-o no fundo do quintal com uma lágrima pingente dos cílios. Mas aquilo não é amor. É apenas preocupação sublimada.

Pois às vezes a preocupação leva ao afeto, e não o contrário. A pessoa se preocupa tanto com um objeto, tanto, que, para justificar sua angústia, passa a amá-lo. Assim o automóvel. Verdade, os automóveis são mais úteis do que os hamsters, mas a paixão dos motoristas por seus carros supera em muito a dimensão utilitária.

É que o automóvel dá o que pensar. Ele é espaçoso, precisa ser colocado em algum lugar. Ele exige horas de preparação do motorista para manejá-lo. Ele há de ser abastecido, banhado e lubrificado como se fosse um recém-nascido. Então, o automóvel passa a valer mais do que valeria um mero meio de transporte. E, dentro dele, o motorista sente-se um ser superior. Ele domina aquele objeto precioso. Ele tem o poder.

Esta semana, um patrulheiro sacrificou dois cavalos que troteavam por uma rodovia. A maioria dos motoristas aplaudiu. Não por acaso. Porque aquele gesto representou mais do que uma ação em nome da segurança no trânsito. Representou a vitória cabal do automóvel sobre o meio de transporte do qual foi sucedâneo. Representou a admissão de que o motorista pertence a uma casta superior, privilegiada, prenhe de necessidades sempre prioritárias. Os motoristas, suas autoestradas, seus viadutos, sua pressa.

Não passam de donos de hamsters.

Democracia envergonhada

Já contei do meu amigo que apanhava da mulher? Devo ter contado. Ele apanhava mesmo. De sair sangue e arroxear. Começou com um beliscão no braço, por algum motivo. Ele não se irritou. Ao contrário: chamou-a de tiutiuquinha, lambuzou-a de atenções, tudo para lhe aplacar a fúria. Na briga seguinte, o beliscão foi mais forte.

– Aaaaai – ganiu meu amigo, se encolhendo todo.

E foi lá acarinhá-la, perguntar o que tinha havido, pedir desculpa, amoreco. Na terceira discussão, ela lhe estourou uma bofetada no lado da orelha. Meu amigo se espantou. Saiu de casa tonto, o rosto latejando. Voltou com flores e jujubas, querendo saber se ela estava mais calma. Assim por diante. Quanto mais ela batia, mais amoroso ele se tornava. Quer dizer: se a mulher quisesse ser bem tratada, bastava cobri-lo de porrada. Foi o que ela passou a fazer. Surrava-o sistematicamente, a socos e pontapés. Insultava-o aos berros, o edifício inteiro ouvia. Estão juntos há anos.

Alguém pode achar que meu amigo gosta de apanhar. Nada disso. Ele sofre. Quanto a ela, sofre também. Ela não queria bater nele, claro que não. Queria que ele se impusesse. Anseia por isso. Mas a fronteira do bom-senso já está lá atrás. É o que não se pode deixar acontecer. Pois em todas as relações humanas os limites são testados. A criança testa a mãe, o funcionário testa o chefe, um amigo testa o outro. A cada um cabe estabelecer o limite.

Meu amigo foi leniente demais, cândido demais. Como a democracia brasileira. O brasileiro crê que democracia é permissividade. Em que país do mundo alunos, professores, sem-terra, com terra, desempregados, empresários, em que país do mundo qualquer paspalho carregando um cartaz escrito a hidrocor fecha uma via pública quando bem entende? Nenhuma democracia autêntica permite tamanho desrespeito. Só uma democracia envergonhada, feito a brasileira.

Agora, todas essas pessoas que protestam levantando barricadas e trancando o trânsito, o que elas esperam que o poder público faça? Que as impeça! É tudo que elas querem. Um governo que demonstre com franqueza e racionalidade não aceitar protestos à margem da lei é um governo que, afinal, tem condições de resolver as questões pelas quais são feitos os protestos.

Mas não sei se o Estado brasileiro tem essa capacidade. Nunca teve. Nem na ditadura o poder público soube definir com clareza os limites da sua relação com o cidadão. Só que, naquela época, era um Estado acostumado a bater. Agora, acostumou-se a apanhar.

O cadáver do Che Guevara

Existe uma foto do Che Guevara morto, seu corpo deitado numa pequena lavanderia de hospital, os olhos baços semiabertos. Militares bolivianos cercam o cadáver e apontam para os buracos abertos pelas balas da metralhadora que o assassinou. A foto é eternamente comparada com um quadro de Rembrandt, *A Lição de Anatomia*. Estive no local onde o boliviano Freddy Alborta registrou a cena com sua velha Canon em 8 de outubro de 1967. Fica em La Higuera, localidade paupérrima da paupérrima Bolívia.

La Higuera situa-se no alto de uma das montanhas dos Andes, no departamento de Vallegrande. Dificilmente haverá lugar mais pobre na América Latina. Chega-se até lá subindo a serra por estradas precárias, no meio da selva. Esse hospital em que o corpo do Che foi lavado nem pode ser considerado um hospital. É mais um posto de saúde mal-amanhado. Depois de custosa viagem, cheguei a essa lavanderia. Poucas vezes senti um impacto tão poderoso ao entrar num local. Trata-se de um prédio minúsculo, do tamanho de um banheiro de apartamento classe-média. Não há cadeira, mesa, armário, não há móvel algum, exceto o tanque de pedra. Também não há luz. Mas a gente do lugarejo acende velas naquela saleta. Tocos de velas sustentando chamas mínimas iluminam as paredes cobertas de inscrições, flores murchas rojadas pelos cantos, oferendas singelas dos corajosos visitantes que se arriscam a subir até aquele local de dificílimo acesso.

As frases em homenagem ao Che, gritando que ele não morreu, que seu espírito arde em meio ao povo, saudando-o como um herói, como um mártir, como um santo, mais as flores enegrecidas, os tocos de velas, aquilo tudo confere ao ambiente da lavanderia uma aura mística. Sente-se uma emoção especial ao se entrar naquele lugar. Estive lá em 1997, quando os ossos do Che foram descobertos em Vallegrande. Desde então, me perguntava que espécie de emoção era aquela que eu sentira e por que a sentira. Agora, assistindo ao filme *Diários de Motocicleta*, compreendi, afinal. O que senti foi o poder da inocência.

Porque o Che poderia ser um equivocado, poderia ser um romântico ausente da realidade, poderia ser até um truculento, poderia, mas o que seduzia as pessoas na figura e na história do Che, o que as fazia admirá-lo, o que as encantava nele era a sua inocência. Pois o Che acreditava no ser humano. O Che acreditava que o mundo tinha conserto e, mais, que ele poderia consertá-lo. Essa inocência transparece no filme de Walter Salles e emociona quem assiste a ele. Quase tanto quanto emociona o simples prédio da lavanderia onde um dia o corpo crivado de balas do Che Guevara foi exposto ao mundo por seus matadores.

O funeral de Brizola

Entrei duas vezes no belo palácio Guanabara. Ambas por causa de Brizola. Na primeira, em 1991, para fazer uma reportagem sobre os trinta anos da Campanha da Legalidade. Tentei marcar por telefone a entrevista com o então governador do Rio. Não consegui. Puxa, como escrever a respeito da Legalidade sem falar com Brizola? Precisava da entrevista. Mas o jornal em que trabalhava na época só autorizaria a viagem com a entrevista agendada. Decidi arriscar: menti que o encontro fora acertado e fui para o Rio. Ao chegar lá, enlacei o pescoço numa gravata e toquei para o palácio. Brizola não aceitou me receber. Por algum motivo, receio da reação militar, talvez, ele não queria sequer mencionar a Legalidade naquele ano. Cristo, aquilo era a minha demissão e o opróbrio eterno! Continuei insistindo, consolado apenas pela beleza dos jardins do palácio com suas fontes e chafarizes, por onde passeava enquanto aguardava em agonia. Tornei-me amigo dos secretários de Brizola, que tentavam me ajudar. Em vão. O homem estava inflexível.

Foi Fernando Brito, esse mesmo jornalista que até o último dia esteve junto de Brizola, quem teve a ideia de me colocar em contato com ele durante uma cerimônia pública. Ocorre que Nélson Mandela visitava o Rio, por aqueles dias. O encontro entre Mandela e Brizola se daria no Copacabana Palace e seria fechado para a imprensa. Brito me disse que daria um jeito.

No fim da tarde, lá estava eu, ansioso, cercado de colegas aflitos para botar abaixo as portas envidraçadas do Copacabana. Postei-me bem na frente da turma. De repente, dois secretários surgiram. Puxaram-me pelo braço: entra, entra. Deixei os colegas na rua, fulos. O Brito me apresentou a ele. Disse que viera de Porto Alegre para falar sobre a Legalidade e ele... se recusou! E já se foi. Trancou-se numa sala com o Mandela. Sentei nas escadarias do Copa, com vontade de chorar. Depois, ainda houve uma coletiva. Eu esperando, sentindo-me nas vascas da morte. Na saída, corri para o Brizola, argumentei que as novas gerações não sabiam nada sobre a Legalidade e talicoisa. Brizola parou. Virou-se:

– Vamos ver mais tarde. À noite.

À meia-noite, ele concedeu a entrevista. Por telefone. Eu, na antecâmara do gabinete; ele, no gabinete. Para completar minha angústia, o Brito cassou o bloquinho com as anotações. Ia passá-las por fax ao Brizola, a fim de que ele autorizasse a publicação, e só depois me mandaria, também por fax. Com um milhão de votos, depois de dois dias e duas noites de espera, eu não sairia dali sem a entrevista!

Vi que o Brito, após a transcrição, atirou as folhas do bloquinho no lixo. Esperei que ele saísse da sala e resgatei-as. Voltei para o hotel comemorando. Consegui a matéria! Treze anos depois, retornei ao palácio Guanabara. Reencontrei Brizola. Reencontrei os lindos jardins com suas fontes. Mas não me pareceram mais tão bonitos.

Coisas da caixa de câmbio

Assim que tirou a carteira de motorista, depois de quarenta e tantos anos andando a pé, ou de carona, ou de humilhante, o bravo repórter Luís Henrique Benfica sentenciou:

– Tenho nojo de pedestre.

Foi o que me convenceu a fazer a habilitação. Agora, eu e o Benfica ficamos no café, discorrendo sobre as peculiaridades da vida de motorista. Sim, a vida de motorista é árdua, disso sabemos. Todos aqueles pedais. As complexidades do painel. E a marcha a ré, quão traiçoeira é a ré! Essas coisas. Mas concluímos, também, que há vasta filosofia nas atribulações automotivas. Cunhamos inclusive um axioma que vem pautando nossos dias. O seguinte: "A vida é uma grande caixa de câmbio: depois que se engata a primeira, só vai".

Com essa verdade em mente, tudo é fácil. Exemplo: o Benfica tem de fazer uma matéria, a matéria não sai. Sentado ante a tela vazia do computador, ele sofre. Aí, pouso a mão em seu ombro e lembro:

– É preciso engatar a primeira.

O Benfica balança a cabeça, em muda concordância. E escreve a frase de abertura. Em seguida, o texto como que escorre sozinho pela tela, até o ponto final. Engatar a primeira, lembre-se. Sempre funciona. Ou quase. Não funcionou, curiosamente, com uma questão relativa ao transporte. Isso do aeromóvel de Porto Alegre.

Engataram a primeira, e na primeira ele ficou, correndo duzentos metros para frente, rumo a um nada, duzentos metros para trás, na direção de outro nada.

Ontem, vi os candidatos a prefeito debatendo sobre o aeromóvel. Tive a tal sensação do *déjà vu*. Em todas as campanhas, os candidatos falam sobre o aeromóvel, prometem finalizá-lo e tralalá. Chega, por favor. Nós sabemos que o aeromóvel vai continuar como está, eternamente na primeira marcha, percorrendo seus melancólicos duzentos metros de cada dia. E é até bom que lá ele fique, tornando-se, enfim, algo útil: um monumento que nos lembre, para sempre, das falsas ilusões das campanhas eleitorais.

A coleguinha

Numa dessas tantas Redações da vida havia uma repórter muito, mas muito tímida. Parecia assim uma freirinha de Coronel Bicaco. Andava sempre de olhos baixos e bastava a menção de seu nome para lhe afoguear o rosto. Nunca ninguém reparava nela, sexualmente falando. Mas, num verão, a moça saiu de férias. Ausentou-se por quinze dias, tão somente. Só que, ao voltar, nossa!, alguma coisa havia acontecido com ela. Não era o bronzeado ou a cor do cabelo.

Não. Ela entrou na Redação pisando firme e fitando os homens com uma navalha no olhar. Fora uma menina quem se despedira, era uma mulher quem retornava. A Redação ficou ouriçada. Os homens, de desejo; as mulheres, de inveja. Confesso: também me interessei pela gaja. Antes, considerava-a tão atraente quanto um seminário de recursos humanos. Agora, ela se transformara numa gueparda tresandante de sexo, sexo, sexo.

Pois bem. Sabe o que sucedeu com ela naqueles quinze dias? Adquiriu confiança. É um fenômeno que ocorre com as belas mulheres: em algum momento da vida, geralmente situado entre a pré-adolescência e a adolescência, elas compreendem o poder que têm sobre os homens. E passam a empregá-lo.

Já eu, a mudança de comportamento daquela coisinha me inquietou porque, puxa, sou realmente suscetível à propaganda. Por exemplo: tinha um comercial de tomografia helicoidal na Rádio Gaúcha, um jingle suave, com uma letra harmônica. Eu ouvia aquele jingle e me dava uma vontade de fazer tomografia helicoidal... A mesma coisa são as facas Ginsu. Sempre que vejo as facas Ginsu na TV cortando sapato ou lata, enfrento dificuldades para resistir à tentação de encomendar uma.

Então, quando aquela coleguinha pisou com segurança no carpete da Redação, agindo como se fosse alguém de fato especial, o que eu e todos os homens intuímos foi o seguinte: ela pode ter razão! É por isso que as pessoas pretensiosas impressionam e, amiúde, têm sucesso. É a força da propaganda.

Por essa mesma razão é tão difícil votar. A propaganda eleitoral, desencadeada há pouco, ela me confunde! Os candidatos todos, eles ficam fazendo publicidade de si mesmos, gritando como são bons, quanto bem vão fazer, e, é forçoso admitir, não lhes falta autoconfiança. Logo, tenho tendência de acreditar em tudo! Para me precaver, adotei um estratagema – estudo a história do candidato. Procuro conhecer seu passado, o que já fez, de onde ele vem. Assim, não tenho me decepcionado. Meus candidatos prometem e cumprem.

Como a coleguinha. Ela também cumpriu suas promessas e desabrochou numa mulher esfuziante, que passa os dias cravando os saltos dos seus escarpins nos corações dos homens. Ah, a coleguinha... Meu único arrependimento é ainda não ter encomendado uma faca Ginsu. E se precisar cortar uma lata lá em casa, como é que vou fazer?

Quem é meu candidato

Votei pela primeira vez em 1982. O feriado amanheceu azul e amarelo no IAPI, lembro bem. A caminho da urna, eu e os amigos debatemos acerca dos abrolhos da política. Em coisa de quinze minutos, desenvolvemos a fórmula exata para salvar o Brasil. Não sei o que fiz com ela nesses últimos 22 anos, talvez tenha se extraviado em meio à coleção de Tex Willer e o *Tesouro da Juventude*, sei lá. Pena. O Brasil perdeu a chance de ser salvo.

Enfim. Quando finalmente recebi a cédula na qual iria assinalar os candidatos, senti que minha mão tremia. Tremor cívico. Achava que a eleição mudaria o mundo.

Hoje, entendo que o mundo só estará mudado de fato no dia em que a eleição for menos importante. No dia em que eleger este candidato ou aquele não fizer tanta diferença assim. O sistema. O fundamental é que o sistema funcione apesar da interferência humana. Mas, lastimável, as eleições ainda são importantes. Essa também o será. Donde a necessidade de precisão germânica na escolha dos candidatos. Desenvolvi uma técnica, dos anos 80 para cá: analiso as mulheres e as eventuais ex dos gajos. O tipo de mulher que um homem toma para si diz muito a respeito dele.

Por exemplo: digamos que você conheça uma mulher deslumbrante, daquelas tão lindas que chega a doer, e ela manifeste certo interesse pela sua pessoa. Se você for esperto, vai torcer para que ela seja muito chata e muito burra, ou que tenha mau hálito. Porque, se ela não for nada disso, se, ao contrário, ela for inteligente e agradável e cheirosinha, você estará prestes a se tornar escravo dessa semideusa. Ou seja: homens realmente práticos não se deixam envolver por mulheres estonteantes.

Agora, um homem que opta por uma mulher bonita, mas não tanto que derreta os paralelepípedos da Rua da Praia; uma mulher inteligente, mas não pérfida; uma mulher não indispensavelmente fiel, mas leal; um homem que toma uma mulher dessas é digno de voto.

Pois bem. Estamos diante de uma eleição decisiva, das que podem mudar mesmo o destino do mundo.* E temos um candidato com a mulher ideal. O Kerry! Observem Tereza Kerry. Fala cinco línguas, inclusive o português. É bela e até é charmosa. Mais: vive elogiando o ex. Está certo, o ex morreu e lhe legou 500 milhões de dólares, mas ainda é o ex. Logo, não há que vacilar: Kerry para a presidência! Enquanto isso, vou ver se encontro aquela fórmula para salvar o Brasil nos escaninhos lá de casa.

---

* Em 2 de novembro de 2004, os norte-americanos foram às urnas em eleições presidenciais. Os candidatos à frente nas pesquisas eram o republicano George Bush, então presidente, e o democrata John Kerry. Bush conquistou o segundo mandato com 51% dos votos. Kerry ficou em segundo lugar, com 48%. (N.E.)

Morte

Gosto de ler o obituário. Não para conferir o morto do dia, nenhum interesse mórbido. Mas porque ali estão resumidas as maiores realizações de uma vida inteira. Afinal, quem fornece para o obituário informações a respeito de um amigo ou parente há de ressaltar o que de importante essa pessoa fez em sua passagem pelo planeta. Por exemplo, há poucos dias li sobre Arnildo Krabbe, vitimado aos 46 anos por um acidente de trânsito: "O futebol e os amigos ocuparam um lugar especial na vida desse panambiense radicado em Pejuçara. Como centroavante, disputou diversos campeonatos amadores pelo Grêmio Esportivo São Luiz no final dos anos 70 e início dos 80. Deixou o futebol depois de sofrer fratura numa perna, em um jogo contra a equipe do Farroupilha de Vista Alegre, o que o impossibilitou para a prática do esporte. Em 1991, foi um dos fundadores e presidente do departamento de veteranos do clube. Em 15 de junho, a foto dele foi colocada na galeria dos ex-presidentes do departamento. Para os amigos, Pepsi, como era conhecido, é a lembrança de bons momentos compartilhados em pescarias, caçadas e churrascos".

Na mesma semana, o jornal informou o falecimento de Daniel Bizarro, aos 86 anos: "Daniel destacou-se pela participação no bloco de Carnaval Papagaio da Rua Nova. Era ele quem, vestido de pirata, conduzia o papagaio. Foi também fundador, sócio e zelador do Clube Caixeiral e da Liga Operária Arroio-Grandense. Viveu sempre em Arroio Grande, onde era conhecido como Profeta. Trabalhou como pintor e decorador. Segundo a família, era um homem alegre e simples".

Não tive a sorte de conhecer o Profeta ou o Pepsi, mas, depois de ler o sumário de suas vidas, passei a simpatizar com eles. Fiquei imaginando o Pepsi com a camisa 9 do São Luiz durante os renhidos embates com o Farroupilha de Vista Alegre, o drama da perna quebrada, o apoio dos amigos de pescarias e caçadas. Quase pude ver o Profeta fantasiado de pirata, carregando com orgulho o papagaio-símbolo do bloco nos animados Carnavais de Arroio Grande.

Histórias singelas. Trazem nostalgia de algo que não vivi. Tudo o que há de importante está ali sintetizado: os prazeres domésticos, as pequenas façanhas. E, sobretudo, os laços de sentimento atados a cada dia nessa vida que talvez seja intensa, talvez seja rasa, mas que, sem nenhuma apelação, será sempre breve.

Sobre o autor

David Coimbra nasceu em Porto Alegre, em 1962. É editor de Esportes e cronista do jornal *Zero Hora*. Publicou entre outros os livros *A cantada infalível* seguido de *A mulher do centroavante* (**L**&**PM** POCKET, crônicas), *Cris, a fera & outras mulheres de arrepiar* (**L**&**PM** POCKET, crônicas), *Canibais – paixão e morte na rua do Arvoredo* (romance), *Jogo de Damas* ((**L**&**PM** POCKET, ensaios) *e Um trem para a Suiça* (crônicas de viagem).

Coleção L&PM POCKET (lançamentos mais recentes)

103.**O cortiço** – Aluísio Azevedo
104.**Marília de Dirceu** – T. A. Gonzaga
105.**O Primo Basílio** – Eça de Queiroz
106.**O ateneu** – Raul Pompéia
107.**Um escândalo na Boêmia** – Arthur Conan Doyle
108.**Contos** – Machado de Assis
109.**200 Sonetos** – Luis Vaz de Camões
110.**O príncipe** – Maquiavel
111.**A escrava Isaura** – Bernardo Guimarães
112.**O solteirão nobre** – Conan Doyle
114.**Shakespeare de A a Z** – Shakespeare
115.**A relíquia** – Eça de Queiroz
117.**Livro do corpo** – Vários
118.**Lira dos 20 anos** – Álvares de Azevedo
119.**Esaú e Jacó** – Machado de Assis
120.**A barcarola** – Pablo Neruda
121.**Os conquistadores** – Júlio Verne
122.**Contos breves** – G. Apollinaire
123.**Taipi** – Herman Melville
124.**Livro dos desaforos** – org. de Sergio Faraco
125.**A mão e a luva** – Machado de Assis
126.**Doutor Miragem** – Moacyr Scliar
127.**O penitente** – Isaac B. Singer
128.**Diários da descoberta da América** – Cristóvão Colombo
129.**Édipo Rei** – Sófocles
130.**Romeu e Julieta** – Shakespeare
131.**Hollywood** – Bukowski
132.**Billy the Kid** – Pat Garrett
133.**Cuca fundida** – Woody Allen
134.**O jogador** – Dostoiévski
135.**O livro da selva** – Rudyard Kipling
136.**O vale do terror** – Arthur Conan Doyle
137.**Dançar tango em Porto Alegre** – S. Faraco
138.**O gaúcho** – Carlos Reverbel
139.**A volta ao mundo em oitenta dias** – J. Verne
140.**O livro dos esnobes** – W. M. Thackeray
141.**Amor & morte em Poodle Springs** – Raymond Chandler & R. Parker
142.**As aventuras de David Balfour** – Stevenson
143.**Alice no país das maravilhas** – Lewis Carroll
144.**A ressurreição** – Machado de Assis
145.**Inimigos, uma história de amor** – I. Singer
146.**O Guarani** – José de Alencar
147.**A cidade e as serras** – Eça de Queiroz
148.**Eu e outras poesias** – Augusto dos Anjos
149.**A mulher de trinta anos** – Balzac
150.**Pomba enamorada** – Lygia F. Telles
151.**Contos fluminenses** – Machado de Assis
152.**Antes de Adão** – Jack London
153.**Intervalo amoroso** – A.Romano de Sant'Anna
154.**Memorial de Aires** – Machado de Assis
155.**Naufrágios e comentários** – Cabeza de Vaca
156.**Ubirajara** – José de Alencar
157.**Textos anarquistas** – Bakunin
159.**Amor de salvação** – Camilo Castelo Branco
160.**O gaúcho** – José de Alencar
161.**O livro das maravilhas** – Marco Polo
162.**Inocência** – Visconde de Taunay
163.**Helena** – Machado de Assis
164.**Uma estação de amor** – Horácio Quiroga
165.**Poesia reunida** – Martha Medeiros
166.**Memórias de Sherlock Holmes** – Conan Doyle
167.**A vida de Mozart** – Stendhal
168.**O primeiro terço** – Neal Cassady
169.**O mandarim** – Eça de Queiroz
170.**Um espinho de marfim** – Marina Colasanti
171.**A ilustre Casa de Ramires** – Eça de Queiroz
172.**Lucíola** – José de Alencar
173.**Antígona** – Sófocles – trad. Donaldo Schüler
174.**Otelo** – William Shakespeare
175.**Antologia** – Gregório de Matos
176.**A liberdade de imprensa** – Karl Marx
177.**Casa de pensão** – Aluísio Azevedo
178.**São Manuel Bueno, Mártir** – Unamuno
179.**Primaveras** – Casimiro de Abreu
180.**O noviço** – Martins Pena
181.**O sertanejo** – José de Alencar
182.**Eurico, o presbítero** – Alexandre Herculano
183.**O signo dos quatro** – Conan Doyle
184.**Sete anos no Tibet** – Heinrich Harrer
185.**Vagamundo** – Eduardo Galeano
186.**De repente acidentes** – Carl Solomon
187.**As minas de Salomão** – Rider Haggar
188.**Uivo** – Allen Ginsberg
189.**A ciclista solitária** – Conan Doyle
190.**Os seis bustos de Napoleão** – Conan Doyle
191.**Cortejo do divino** – Nelida Piñon
194.**Os crimes do amor** – Marquês de Sade
195.**Besame Mucho** – Mário Prata
196.**Tuareg** – Alberto Vázquez-Figueroa
197.**O longo adeus** – Raymond Chandler
199.**Notas de um velho safado** – Bukowski
200.**111 ais** – Dalton Trevisan
201.**O nariz** – Nicolai Gogol
202.**O capote** – Nicolai Gogol
203.**Macbeth** – William Shakespeare
204.**Heráclito** – Donaldo Schüler
205.**Você deve desistir, Osvaldo** – Cyro Martins
206.**Memórias de Garibaldi** – A. Dumas
207.**A arte da guerra** – Sun Tzu
208.**Fragmentos** – Caio Fernando Abreu
209.**Festa no castelo** – Moacyr Scliar
210.**O grande deflorador** – Dalton Trevisan
212.**Homem do princípio ao fim** – Millôr Fernandes
213.**Aline e seus dois namorados (1)** – A. Iturrusgarai
214.**A juba do leão** – Sir Arthur Conan Doyle
215.**Assassino metido a esperto** – R. Chandler
216.**Confissões de um comedor de ópio** – Thomas De Quincey
217.**Os sofrimentos do jovem Werther** – Goethe

218.**Fedra** – Racine / Trad. Millôr Fernandes
219.**O vampiro de Sussex** – Conan Doyle
220.**Sonho de uma noite de verão** – Shakespeare
221.**Dias e noites de amor e de guerra** – Galeano
222.**O Profeta** – Khalil Gibran
223.**Flávia, cabeça, tronco e membros** – M. Fernandes
224.**Guia da ópera** – Jeanne Suhamy
225.**Macário** – Álvares de Azevedo
226.**Etiqueta na prática** – Celia Ribeiro
227.**Manifesto do partido comunista** – Marx & Engels
228.**Poemas** – Millôr Fernandes
229.**Um inimigo do povo** – Henrik Ibsen
230.**O paraíso destruído** – Frei B. de las Casas
231.**O gato no escuro** – Josué Guimarães
232.**O mágico de Oz** – L. Frank Baum
233.**Armas no Cyrano's** – Raymond Chandler
234.**Max e os felinos** – Moacyr Scliar
235.**Nos céus de Paris** – Alcy Cheuiche
236.**Os bandoleiros** – Schiller
237.**A primeira coisa que eu botei na boca** – Deonísio da Silva
238.**As aventuras de Simbad, o marújo**
239.**O retrato de Dorian Gray** – Oscar Wilde
240.**A carteira de meu tio** – J. Manuel de Macedo
241.**A luneta mágica** – J. Manuel de Macedo
242.**A metamorfose** – Kafka
243.**A flecha de ouro** – Joseph Conrad
244.**A ilha do tesouro** – R. L. Stevenson
245.**Marx - Vida & Obra** – José A. Giannotti
246.**Gênesis**
247.**Unidos para sempre** – Ruth Rendell
248.**A arte de amar** – Ovídio
249.**O sono eterno** – Raymond Chandler
250.**Novas receitas do Anonymus Gourmet** – J.A.P.M.
251.**A nova catacumba** – Arthur Conan Doyle
252.**Dr. Negro** – Arthur Conan Doyle
253.**Os voluntários** – Moacyr Scliar
254.**A bela adormecida** – Irmãos Grimm
255.**O príncipe sapo** – Irmãos Grimm
256.**Confissões** *e* **Memórias** – H. Heine
257.**Viva o Alegrete** – Sergio Faraco
258.**Vou estar esperando** – R. Chandler
259.**A senhora Beate e seu filho** – Schnitzler
260.**O ovo apunhalado** – Caio Fernando Abreu
261.**O ciclo das águas** – Moacyr Scliar
262.**Millôr Definitivo** – Millôr Fernandes
264.**Viagem ao centro da Terra** – Júlio Verne
265.**A dama do lago** – Raymond Chandler
266.**Caninos brancos** – Jack London
267.**O médico e o monstro** – R. L. Stevenson
268.**A tempestade** – William Shakespeare
269.**Assassinatos na rua Morgue** – E. Allan Poe
270.**99 corruíras nanicas** – Dalton Trevisan
271.**Broquéis** – Cruz e Sousa
272.**Mês de cães danados** – Moacyr Scliar
273.**Anarquistas – vol. 1 – A idéia** – G.Woodcock
274.**Anarquistas – vol. 2 – O movimento** – G.Woodcock
275.**Pai e filho, filho e pai** – Moacyr Scliar
276.**As aventuras de Tom Sawyer** – Mark Twain
277.**Muito barulho por nada** – W. Shakespeare
278.**Elogio da loucura** – Erasmo
279.**Autobiografia de Alice B. Toklas** – G. Stein
280.**O chamado da floresta** – J. London
281.**Uma agulha para o diabo** – Ruth Rendell
282.**Verdes vales do fim do mundo** – A. Bivar
283.**Ovelhas negras** – Caio Fernando Abreu
284.**O fantasma de Canterville** – O. Wilde
285.**Receitas de Yayá Ribeiro** – Celia Ribeiro
286.**A galinha degolada** – H. Quiroga
287.**O último adeus de Sherlock Holmes** – A. Conan Doyle
288.**A. Gourmet** ***em*** **Histórias de cama & mesa** – J. A. Pinheiro Machado
289.**Topless** – Martha Medeiros
290.**Mais receitas do Anonymus Gourmet** – J. A. Pinheiro Machado
291.**Origens do discurso democrático** – D. Schüler
292.**Humor politicamente incorreto** – Nani
293.**O teatro do bem e do mal** – E. Galeano
294.**Garibaldi & Manoela** – J. Guimarães
295.**10 dias que abalaram o mundo** – John Reed
296.**Numa fria** – Bukowski
297.**Poesia de Florbela Espanca** vol. 1
298.**Poesia de Florbela Espanca** vol. 2
299.**Escreva certo** – E. Oliveira e M. E. Bernd
300.**O vermelho e o negro** – Stendhal
301.**Ecce homo** – Friedrich Nietzsche
302(7).**Comer bem, sem culpa** – Dr. Fernando Lucchese, A. Gourmet e Iotti
303.**O livro de Cesário Verde** – Cesário Verde
305.**100 receitas de macarrão** – S. Lancellotti
306.**160 receitas de molhos** – S. Lancellotti
307.**100 receitas light** – H. e Â. Tonetto
308.**100 receitas de sobremesas** – Celia Ribeiro
309.**Mais de 100 dicas de churrasco** – Leon Diziekaniak
310.**100 receitas de acompanhamentos** – C. Cabeda
311.**Honra ou vendetta** – S. Lancellotti
312.**A alma do homem sob o socialismo** – Oscar Wilde
313.**Tudo sobre Yôga** – Mestre De Rose
314.**Os varões assinalados** – Tabajara Ruas
315.**Édipo em Colono** – Sófocles
316.**Lisístrata** – Aristófanes / trad. Millôr
317.**Sonhos de Bunker Hill** – John Fante
318.**Os deuses de Raquel** – Moacyr Scliar
319.**O colosso de Marússia** – Henry Miller
320.**As eruditas** – Molière / trad. Millôr
321.**Radicci 1** – Iotti
322.**Os Sete contra Tebas** – Ésquilo
323.**Brasil Terra à vista** – Eduardo Bueno
324.**Radicci 2** – Iotti
325.**Júlio César** – William Shakespeare
326.**A carta de Pero Vaz de Caminha**
327.**Cozinha Clássica** – Sílvio Lancellotti
328.**Madame Bovary** – Gustave Flaubert
329.**Dicionário do viajante insólito** – M. Scliar
330.**O capitão saiu para o almoço...** – Bukowski
331.**A carta roubada** – Edgar Allan Poe
332.**É tarde para saber** – Josué Guimarães
333.**O livro de bolso da Astrologia** – Maggy Harrisonx e Mellina Li

334.**1933 foi um ano ruim** – John Fante
335.**100 receitas de arroz** – Aninha Comas
336.**Guia prático do Português correto – vol. 1** – Cláudio Moreno
337.**Bartleby, o escriturário** – H. Melville
338.**Enterrem meu coração na curva do rio** – Dee Brown
339.**Um conto de Natal** – Charles Dickens
340.**Cozinha sem segredos** – J. A. P. Machado
341.**A dama das Camélias** – A. Dumas Filho
342.**Alimentação saudável** – H. e Â. Tonetto
343.**Continhos galantes** – Dalton Trevisan
344.**A Divina Comédia** – Dante Alighieri
345.**A Dupla Sertanojo** – Santiago
346.**Cavalos do amanhecer** – Mario Arregui
347.**Biografia de Vincent van Gogh por sua cunhada** – Jo van Gogh-Bonger
348.**Radicci 3** – Iotti
349.**Nada de novo no front** – E. M. Remarque
350.**A hora dos assassinos** – Henry Miller
351.**Flush – Memórias de um cão** – Virginia Woolf
352.**A guerra no Bom Fim** – M. Scliar
353(1).**O caso Saint-Fiacre** – Simenon
354(2).**Morte na alta sociedade** – Simenon
355(3).**O cão amarelo** – Simenon
356(4).**Maigret e o homem do banco** – Simenon
357.**As uvas e o vento** – Pablo Neruda
358.**On the road** – Jack Kerouac
359.**O coração amarelo** – Pablo Neruda
360.**Livro das perguntas** – Pablo Neruda
361.**Noite de Reis** – William Shakespeare
362.**Manual de Ecologia** – vol.1 – J. Lutzenberger
363.**O mais longo dos dias** – Cornelius Ryan
364.**Foi bom prá você?** – Nani
365.**Crepusculário** – Pablo Neruda
366.**A comédia dos erros** – Shakespeare
367(5).**A primeira investigação de Maigret** – Simenon
368(6).**As férias de Maigret** – Simenon
369.**Mate-me por favor (vol.1)** – L. McNeil
370.**Mate-me por favor (vol.2)** – L. McNeil
371.**Carta ao pai** – Kafka
372.**Os vagabundos iluminados** – J. Kerouac
373(7).**O enforcado** – Simenon
374(8).**A fúria de Maigret** – Simenon
375.**Vargas, uma biografia política** – H. Silva
376.**Poesia reunida (vol.1)** – A. R. de Sant'Anna
377.**Poesia reunida (vol.2)** – A. R. de Sant'Anna
378.**Alice no país do espelho** – Lewis Carroll
379.**Residência na Terra 1** – Pablo Neruda
380.**Residência na Terra 2** – Pablo Neruda
381.**Terceira Residência** – Pablo Neruda
382.**O delírio amoroso** – Bocage
383.**Futebol ao sol e à sombra** – E. Galeano
384(9).**O porto das brumas** – Simenon
385(10).**Maigret e seu morto** – Simenon
386.**Radicci 4** – Iotti
387.**Boas maneiras & sucesso nos negócios** – Celia Ribeiro
388.**Uma história Farroupilha** – M. Scliar
389.**Na mesa ninguém envelhece** – J. A. Pinheiro Machado
390.**200 receitas inéditas do Anonymus Gourmet** – J. A. Pinheiro Machado
391.**Guia prático do Português correto – vol.2** – Cláudio Moreno
392.**Breviário das terras do Brasil** – Assis Brasil
393.**Cantos Cerimoniais** – Pablo Neruda
394.**Jardim de Inverno** – Pablo Neruda
395.**Antonio e Cleópatra** – William Shakespeare
396.**Tróia** – Cláudio Moreno
397.**Meu tio matou um cara** – Jorge Furtado
398.**O anatomista** – Federico Andahazi
399.**As viagens de Gulliver** – Jonathan Swift
400.**Dom Quixote** – (v. 1) – Miguel de Cervantes
401.**Dom Quixote** – (v. 2) – Miguel de Cervantes
402.**Sozinho no Pólo Norte** – Thomaz Brandolin
403.**Matadouro 5** – Kurt Vonnegut
404.**Delta de Vênus** – Anaïs Nin
405.**O melhor de Hagar 2** – Dik Browne
406.**É grave Doutor?** – Nani
407.**Orai pornô** – Nani
408(11).**Maigret em Nova York** – Simenon
409(12).**O assassino sem rosto** – Simenon
410(13).**O mistério das jóias roubadas** – Simenon
411.**A irmãzinha** – Raymond Chandler
412.**Três contos** – Gustave Flaubert
413.**De ratos e homens** – John Steinbeck
414.**Lazarilho de Tormes** – Anônimo do séc. XVI
415.**Triângulo das águas** – Caio Fernando Abreu
416.**100 receitas de carnes** – Sílvio Lancellotti
417.**Histórias de robôs:** vol. 1 – org. Isaac Asimov
418.**Histórias de robôs:** vol. 2 – org. Isaac Asimov
419.**Histórias de robôs:** vol. 3 – org. Isaac Asimov
420.**O país dos centauros** – Tabajara Ruas
421.**A república de Anita** – Tabajara Ruas
422.**A carga dos lanceiros** – Tabajara Ruas
423.**Um amigo de Kafka** – Isaac Singer
424.**As alegres matronas de Windsor** – Shakespeare
425.**Amor e exílio** – Isaac Bashevis Singer
426.**Use & abuse do seu signo** – Marília Fiorillo e Marylou Simonsen
427.**Pigmaleão** – Bernard Shaw
428.**As fenícias** – Eurípides
429.**Everest** – Thomaz Brandolin
430.**A arte de furtar** – Anônimo do séc. XVI
431.**Billy Bud** – Herman Melville
432.**A rosa separada** – Pablo Neruda
433.**Elegia** – Pablo Neruda
434.**A garota de Cassidy** – David Goodis
435.**Como fazer a guerra: máximas de Napoleão** – Balzac
436.**Poemas escolhidos** – Emily Dickinson
437.**Gracias por el fuego** – Mario Benedetti
438.**O sofá** – Crébillon Fils
439.**O "Martín Fierro"** – Jorge Luis Borges
440.**Trabalhos de amor perdidos** – W. Shakespeare
441.**O melhor de Hagar 3** – Dik Browne
442.**Os Maias (volume1)** – Eça de Queiroz
443.**Os Maias (volume2)** – Eça de Queiroz
444.**Anti-Justine** – Restif de La Bretonne

445.**Juventude** – Joseph Conrad
446.**Contos** – Eça de Queiroz
447.**Janela para a morte** – Raymond Chandler
448.**Um amor de Swann** – Marcel Proust
449.**À paz perpétua** – Immanuel Kant
450.**A conquista do México** – Hernan Cortez
451.**Defeitos escolhidos e 2000** – Pablo Neruda
452.**O casamento do céu e do inferno** – William Blake
453.**A primeira viagem ao redor do mundo** – Antonio Pigafetta
454(14).**Uma sombra na janela** – Simenon
455(15).**A noite da encruzilhada** – Simenon
456(16).**A velha senhora** – Simenon
457.**Sartre** – Annie Cohen-Solal
458.**Discurso do método** – René Descartes
459.**Garfield em grande forma (1)** – Jim Davis
460.**Garfield está de dieta** (2) – Jim Davis
461.**O livro das feras** – Patricia Highsmith
462.**Viajante solitário** – Jack Kerouac
463.**Auto da barca do inferno** – Gil Vicente
464.**O livro vermelho dos pensamentos de Millôr** – Millôr Fernandes
465.**O livro dos abraços** – Eduardo Galeano
466.**Voltaremos!** – José Antonio Pinheiro Machado
467.**Rango** – Edgar Vasques
468(8).**Dieta mediterrânea** – Dr. Fernando Lucchese e José Antonio Pinheiro Machado
469.**Radicci 5** – Iotti
470.**Pequenos pássaros** – Anaïs Nin
471.**Guia prático do Português correto – vol.3** – Cláudio Moreno
472.**Atire no pianista** – David Goodis
473.**Antologia Poética** – García Lorca
474.**Alexandre e César** – Plutarco
475.**Uma espiã na casa do amor** – Anaïs Nin
476.**A gorda do Tiki Bar** – Dalton Trevisan
477.**Garfield um gato de peso (3)** – Jim Davis
478.**Canibais** – David Coimbra
479.**A arte de escrever** – Arthur Schopenhauer
480.**Pinóquio** – Carlo Collodi
481.**Misto-quente** – Bukowski
482.**A lua na sarjeta** – David Goodis
483.**O melhor do Recruta Zero (1)** – Mort Walker
484.**Aline: TPM – tensão pré-monstrual (2)** – Adão Iturrusgarai
485.**Sermões do Padre Antonio Vieira**
486.**Garfield numa boa (4)** – Jim Davis
487.**Mensagem** – Fernando Pessoa
488.**Vendeta** *seguido de* **A paz conjugal** – Balzac
489.**Poemas de Alberto Caeiro** – Fernando Pessoa
490.**Ferragus** – Honoré de Balzac
491.**A duquesa de Langeais** – Honoré de Balzac
492.**A menina dos olhos de ouro** – Honoré de Balzac
493.**O lírio do vale** – Honoré de Balzac
494(17).**A barcaça da morte** – Simenon
495(18).**As testemunhas rebeldes** – Simenon
496(19).**Um engano de Maigret** – Simenon
497(1).**A noite das bruxas** – Agatha Christie
498(2).**Um passe de mágica** – Agatha Christie
499(3).**Nêmesis** – Agatha Christie
500.**Esboço para uma teoria das emoções** – Sartre
501.**Renda básica de cidadania** – Eduardo Suplicy
502(1).**Pílulas para viver melhor** – Dr. Lucchese
503(2).**Pílulas para prolongar a juventude** – Dr. Lucchese
504(3).**Desembarcando o diabetes** – Dr. Lucchese
505(4).**Desembarcando o sedentarismo** – Dr. Fernando Lucchese e Cláudio Castro
506(5).**Desembarcando a hipertensão** – Dr. Lucchese
507(6).**Desembarcando o colesterol** – Dr. Fernando Lucchese e Fernanda Lucchese
508.**Estudos de mulher** – Balzac
509.**O terceiro tira** – Flann O'Brien
510.**100 receitas de aves e ovos** – J. A. P. Machado
511.**Garfield em toneladas de diversão** (5) – Jim Davis
512.**Trem-bala** – Martha Medeiros
513.**Os cães ladram** – Truman Capote
514.**O Kama Sutra de Vatsyayana**
515.**O crime do Padre Amaro** – Eça de Queiroz
516.**Odes de Ricardo Reis** – Fernando Pessoa
517.**O inverno da nossa desesperança** – Steinbeck
518.**Piratas do Tietê (1)** – Laerte
519.**Rê Bordosa: do começo ao fim** – Angeli
520.**O Harlem é escuro** – Chester Himes
521.**Café-da-manhã dos campeões** – Kurt Vonnegut
522.**Eugénie Grandet** – Balzac
523.**O último magnata** – F. Scott Fitzgerald
524.**Carol** – Patricia Highsmith
525.**100 receitas de patisseria** – Sílvio Lancellotti
526.**O fator humano** – Graham Greene
527.**Tristessa** – Jack Kerouac
528.**O diamante do tamanho do Ritz** – Scott Fitzgerald
529.**As melhores histórias de Sherlock Holmes** – Arthur Conan Doyle
530.**Cartas a um jovem poeta** – Rilke
531(20).**Memórias de Maigret** – Simenon
532(4).**O misterioso sr. Quin** – Agatha Christie
533.**Os analectos** – Confúcio
534(21).**Maigret e os homens de bem** – Simenon
535(22).**O medo de Maigret** – Simenon
536.**Ascensão e queda de César Birotteau** – Balzac
537.**Sexta-feira negra** – David Goodis
538.**Ora bolas – O humor de Mario Quintana** – Juarez Fonseca
539.**Longe daqui aqui mesmo** – Antonio Bivar
540(5).**É fácil matar** – Agatha Christie
541.**O pai Goriot** – Balzac
542.**Brasil, um país do futuro** – Stefan Zweig
543.**O processo** – Kafka
544.**O melhor de Hagar 4** – Dik Browne
545(6).**Por que não pediram a Evans?** – Agatha Christie
546.**Fanny Hill** – John Cleland
547.**O gato por dentro** – William S. Burroughs
548.**Sobre a brevidade da vida** – Sêneca
549.**Geraldão (1)** – Glauco

550.**Piratas do Tietê (2)** – Laerte
551.**Pagando o pato** – Ciça
552.**Garfield de bom humor (6)** – Jim Davis
553.**Conhece o Mário?** vol.1 – Santiago
554.**Radicci 6** – Iotti
555.**Os subterrâneos** – Jack Kerouac
556(1).**Balzac** – François Taillandier
557(2).**Modigliani** – Christian Parisot
558(3).**Kafka** – Gérard-Georges Lemaire
559(4).**Júlio César** – Joël Schmidt
560.**Receitas da família** – J. A. Pinheiro Machado
561.**Boas maneiras à mesa** – Celia Ribeiro
562(9).**Filhos sadios, pais felizes** – R. Pagnoncelli
563(10).**Fatos & mitos** – Dr. Fernando Lucchese
564.**Ménage à trois** – Paula Taitelbaum
565.**Mulheres!** – David Coimbra
566.**Poemas de Álvaro de Campos** – Fernando Pessoa
567.**Medo e outras histórias** – Stefan Zweig
568.**Snoopy e sua turma (1)** – Schulz
569.**Piadas para sempre (1)** – Visconde da Casa Verde
570.**O alvo móvel** – Ross Macdonald
571.**O melhor do Recruta Zero (2)** – Mort Walker
572.**Um sonho americano** – Norman Mailer
573.**Os broncos também amam** – Angeli
574.**Crônica de um amor louco** – Bukowski
575(5).**Freud** – René Major e Chantal Talagrand
576(6).**Picasso** – Gilles Plazy
577(7).**Gandhi** – Christine Jordis
578.**A tumba** – H. P. Lovecraft
579.**O príncipe e o mendigo** – Mark Twain
580.**Garfield, um charme de gato (7)** – Jim Davis
581.**Ilusões perdidas** – Balzac
582.**Esplendores e misérias das cortesãs** – Balzac
583.**Walter Ego** – Angeli
584.**Striptiras (1)** – Laerte
585.**Fagundes: um puxa-saco de mão cheia** – Laerte
586.**Depois do último trem** – Josué Guimarães
587.**Ricardo III** – Shakespeare
588.**Dona Anja** – Josué Guimarães
589.**24 horas na vida de uma mulher** – Stefan Zweig
590.**O terceiro homem** – Graham Greene
591.**Mulher no escuro** – Dashiell Hammett
592.**No que acredito** – Bertrand Russell
593.**Odisséia (1): Telemaquia** – Homero
594.**O cavalo cego** – Josué Guimarães
595.**Henrique V** – Shakespeare
596.**Fabulário geral do delírio cotidiano** – Bukowski
597.**Tiros na noite 1: A mulher do bandido** – Dashiell Hammett
598.**Snoopy em Feliz Dia dos Namorados! (2)** – Schulz
599.**Mas não se matam cavalos?** – Horace McCoy
600.**Crime e castigo** – Dostoiévski
601(7).**Mistério no Caribe** – Agatha Christie
602.**Odisséia (2): Regresso** – Homero
603.**Piadas para sempre (2)** – Visconde da Casa Verde
604.**À sombra do vulcão** – Malcolm Lowry
605(8).**Kerouac** – Yves Buin
606.**E agora são cinzas** – Angeli
607.**As mil e uma noites** – Paulo Caruso
608.**Um assassino entre nós** – Ruth Rendell
609.**Crack-up** – F. Scott Fitzgerald
610.**Do amor** – Stendhal
611.**Cartas do Yage** – William Burroughs e Allen Ginsberg
612.**Striptiras (2)** – Laerte
613.**Henry & June** – Anaïs Nin
614.**A piscina mortal** – Ross Macdonald
615.**Geraldão (2)** – Glauco
616.**Tempo de delicadeza** – A. R. de Sant'Anna
617.**Tiros na noite 2: Medo de tiro** – Dashiell Hammett
618.**Snoopy em Assim é a vida, Charlie Brown! (3)** – Schulz
619.**1954 – Um tiro no coração** – Hélio Silva
620.**Sobre a inspiração poética (Íon)** e ... – Platão
621.**Garfield e seus amigos (8)** – Jim Davis
622.**Odisséia (3): Ítaca** – Homero
623.**A louca matança** – Chester Himes
624.**Factótum** – Bukowski
625.**Guerra e Paz: volume 1** – Tolstói
626.**Guerra e Paz: volume 2** – Tolstói
627.**Guerra e Paz: volume 3** – Tolstói
628.**Guerra e Paz: volume 4** – Tolstói
629(9).**Shakespeare** – Claude Mourthé
630.**Bem está o que bem acaba** – Shakespeare
631.**O contrato social** – Rousseau
632.**Geração Beat** – Jack Kerouac
633.**Snoopy: É Natal! (4)** – Charles Schulz
634(8).**Testemunha da acusação** – Agatha Christie
635.**Um elefante no caos** – Millôr Fernandes
636.**Guia de leitura (100 autores que você precisa ler)** – Organização de Léa Masina
637.**Pistoleiros também mandam flores** – David Coimbra
638.**O prazer das palavras** – vol. 1 – Cláudio Moreno
639.**O prazer das palavras** – vol. 2 – Cláudio Moreno
640.**Novíssimo testamento: com Deus e o diabo, a dupla da criação** – Iotti
641.**Literatura Brasileira: modos de usar** – Luís Augusto Fischer
642.**Dicionário de Porto-Alegrês** – Luís A. Fischer
643.**Clô Dias & Noites** – Sérgio Jockymann
644.**Memorial de Isla Negra** – Pablo Neruda
645.**Um homem extraordinário e outras histórias** – Tchékhov
646.**Ana sem terra** – Alcy Cheuiche
647.**Adultérios** – Woody Allen
648.**Para sempre ou nunca mais** – R. Chandler
649.**Nosso homem em Havana** – Graham Greene
650.**Dicionário Caldas Aulete de Bolso**
651.**Snoopy: Posso fazer uma pergunta, professora? (5)** – Charles Schulz
652(10).**Luís XVI** – Bernard Vincent
653.**O mercador de Veneza** – Shakespeare
654.**Cancioneiro** – Fernando Pessoa
655.**Non-Stop** – Martha Medeiros

656.**Carpinteiros, levantem bem alto a cumeeira & Seymour, uma apresentação** – J.D.Salinger
657.**Ensaios céticos** – Bertrand Russell
658.**O melhor de Hagar 5** – Dik e Chris Browne
659.**Primeiro amor** – Ivan Turguêniev
660.**A trégua** – Mario Benedetti
661.**Um parque de diversões da cabeça** – Lawrence Ferlinghetti
662.**Aprendendo a viver** – Sêneca
663.**Garfield, um gato em apuros (9)** – Jim Davis
664.**Dilbert 1** – Scott Adams
665.**Dicionário de dificuldades** – Domingos Paschoal Cegalla
666.**A imaginação** – Jean-Paul Sartre
667.**O ladrão e os cães** – Naguib Mahfuz
668.**Gramática do português contemporâneo** – Celso Cunha
669.**A volta do parafuso** *seguido de* **Daisy Miller** – Henry James
670.**Notas do subsolo** – Dostoiévski
671.**Abobrinhas da Brasilônia** – Glauco
672.**Geraldão (3)** – Glauco
673.**Piadas para sempre (3)** – Visconde da Casa Verde
674.**Duas viagens ao Brasil** – Hans Staden
675.**Bandeira de bolso** – Manuel Bandeira
676.**A arte da guerra** – Maquiavel
677.**Além do bem e do mal** – Nietzsche
678.**O coronel Chabert** *seguido de* **A mulher abandonada** – Balzac
679.**O sorriso de marfim** – Ross Macdonald
680.**100 receitas de pescados** – Sílvio Lancellotti
681.**O juiz e seu carrasco** – Friedrich Dürrenmatt
682.**Noites brancas** – Dostoiévski
683.**Quadras ao gosto popular** – Fernando Pessoa
684.**Romanceiro da Inconfidência** – Cecília Meireles
685.**Kaos** – Millôr Fernandes
686.**A pele de onagro** – Balzac
687.**As ligações perigosas** – Choderlos de Laclos
688.**Dicionário de matemática** – Luiz Fernandes Cardoso
689.**Os Lusíadas** – Luís Vaz de Camões
690(11).**Átila** – Éric Deschodt
691.**Um jeito tranqüilo de matar** – Chester Himes
692.**A felicidade conjugal** *seguido de* **O diabo** – Tolstói
693.**Viagem de um naturalista ao redor do mundo** – vol. 1 – Charles Darwin
694.**Viagem de um naturalista ao redor do mundo** – vol. 2 – Charles Darwin
695.**Memórias da casa dos mortos** – Dostoiévski
696.**A Celestina** – Fernando de Rojas
697.**Snoopy: Como você é azarado, Charlie Brown! (6)** – Charles Schulz
698.**Dez (quase) amores** – Claudia Tajes
699(9).**Poirot sempre espera** – Agatha Christie
700.**Cecília de bolso** – Cecília Meireles
701.**Apologia de Sócrates** *precedido de* **Êutifron** e *seguido de* **Críton** – Platão
702.**Wood & Stock** – Angeli
703.**Striptiras (3)** – Laerte
704.**Discurso sobre a origem e os fundamentos da desigualdade entre os homens** – Rousseau
705.**Os duelistas** – Joseph Conrad
706.**Dilbert (2)** – Scott Adams
707.**Viver e escrever** (vol. 1) – Edla van Steen
708.**Viver e escrever** (vol. 2) – Edla van Steen
709.**Viver e escrever** (vol. 3) – Edla van Steen
710(10).**A teia da aranha** – Agatha Christie
711.**O banquete** – Platão
712.**Os belos e malditos** – F. Scott Fitzgerald
713.**Libelo contra a arte moderna** – Salvador Dalí
714.**Akropolis** – Valerio Massimo Manfredi
715.**Devoradores de mortos** – Michael Crichton
716.**Sob o sol da Toscana** – Frances Mayes
717.**Batom na cueca** – Nani
718.**Vida dura** – Claudia Tajes
719.**Carne trêmula** – Ruth Rendell
720.**Cris, a fera** – David Coimbra
721.**O anticristo** – Nietzsche
722.**Como um romance** – Daniel Pennac
723.**Emboscada no Forte Bragg** – Tom Wolfe
724.**Assédio sexual** – Michael Crichton
725.**O espírito do Zen** – Alan W.Watts
726.**Um bonde chamado desejo** – Tennessee Williams
727.**Como gostais** *seguido de* **Conto de inverno** – Shakespeare
728.**Tratado sobre a tolerância** – Voltaire
729.**Snoopy: Doces ou travessuras? (7)** – Charles Schulz
730.**Cardápios do Anonymus Gourmet** – J.A. Pinheiro Machado
731.**100 receitas com lata** – J.A. Pinheiro Machado
732.**Conhece o Mário?** vol.2 – Santiago
733.**Dilbert (3)** – Scott Adams
734.**História de um louco amor** *seguido de* **Passado amor** – Horacio Quiroga
735(11).**Sexo: muito prazer** – Laura Meyer da Silva
736(12).**Para entender o adolescente** – Dr. Ronald Pagnoncelli
737(13).**Desembarcando a tristeza** – Dr. Fernando Lucchese
738.**Poirot e o mistério da arca espanhola & outras histórias** – Agatha Christie
739.**A última legião** – Valerio Massimo Manfredi
740.**As virgens suicidas** – Jeffrey Eugenides
741.**Sol nascente** – Michael Crichton
742.**Duzentos ladrões** – Dalton Trevisan
743.**Os devaneios do caminhante solitário** – Rousseau
744.**Garfield, o rei da preguiça (10)** – Jim Davis
745.**Os magnatas** – Charles R. Morris
746.**Pulp** – Charles Bukowski
747.**Enquanto agonizo** – William Faulkner
748.**Aline: viciada em sexo (3)** – Adão Iturrusgarai
749.**A dama do cachorrinho** – Anton Tchékhov
750.**Tito Andrônico** – Shakespeare
751.**Antologia poética** – Anna Akhmátova
752.**O melhor de Hagar 6** – Dik e Chris Browne
753(12).**Michelangelo** – Nadine Sautel
754.**Dilbert (4)** – Scott Adams

755.**O jardim das cerejeiras** *seguido de* **Tio Vânia** – Tchékhov
756.**Geração Beat** – Claudio Willer
757.**Santos Dumont** – Alcy Cheuiche
758.**Budismo** – Claude B. Levenson
759.**Cleópatra** – Christian-Georges Schwentzel
760.**Revolução Francesa** – Frédéric Bluche, Stéphane Rials e Jean Tulard
761.**A crise de 1929** – Bernard Gazier
762.**Sigmund Freud** – Edson Sousa e Paulo Endo
763.**Império Romano** – Patrick Le Roux
764.**Cruzadas** – Cécile Morrisson
765.**O mistério do Trem Azul** – Agatha Christie
766.**Os escrúpulos de Maigret** – Simenon
767.**Maigret se diverte** – Simenon
768.**Senso comum** – Thomas Paine
769.**O parque dos dinossauros** – Michael Crichton
770.**Trilogia da paixão** – Goethe
771.**A simples arte de matar** (vol.1) – R. Chandler
772.**A simples arte de matar** (vol.2) – R. Chandler
773.**Snoopy: No mundo da lua! (8)** – Charles Schulz
774.**Os Quatro Grandes** – Agatha Christie
775.**Um brinde de cianureto** – Agatha Christie
776.**Súplicas atendidas** – Truman Capote
777.**Ainda restam aveleiras** – Simenon
778.**Maigret e o ladrão preguiçoso** – Simenon
779.**A viúva imortal** – Millôr Fernandes
780.**Cabala** – Roland Goetschel
781.**Capitalismo** – Claude Jessua
782.**Mitologia grega** – Pierre Grimal
783.**Economia: 100 palavras-chave** – Jean-Paul Betbèze
784.**Marxismo** – Henri Lefebvre
785.**Punição para a inocência** – Agatha Christie
786.**A extravagância do morto** – Agatha Christie
787(13).**Cézanne** – Bernard Fauconnier
788.**A identidade Bourne** – Robert Ludlum
789.**Da tranquilidade da alma** – Sêneca
790.**Um artista da fome** *seguido de* **Na colônia penal e outras histórias** – Kafka
791.**Histórias de fantasmas** – Charles Dickens
792.**A louca de Maigret** – Simenon
793.**O amigo de infância de Maigret** – Simenon
794.**O revólver de Maigret** – Simenon
795.**A fuga do sr. Monde** – Simenon
796.**O Uraguai** – Basílio da Gama
797.**A mão misteriosa** – Agatha Christie
798.**Testemunha ocular do crime** – Agatha Christie
799.**Crepúsculo dos ídolos** – Friedrich Nietzsche
800.**Maigret e o negociante de vinhos** – Simemon
801.**Maigret e o mendigo** – Simenon
802.**O grande golpe** – Dashiell Hammett
803.**Humor barra pesada** – Nani
804.**Vinho** – Jean-François Gautier
805.**Egito Antigo** – Sophie Desplancques
806(14).**Baudelaire** – Jean-Baptiste Baronian
807.**Caminho da sabedoria, caminho da paz** – Dalai Lama e Felizitas von Schönborn
808.**Senhor e servo e outras histórias** – Tolstói
809.**Os cadernos de Malte Laurids Brigge** – Rilke
810.**Dilbert (5)** – Scott Adams
811.**Big Sur** – Jack Kerouac
812.**Seguindo a correnteza** – Agatha Christie
813.**O álibi** – Sandra Brown
814.**Montanha-russa** – Martha Medeiros
815.**Coisas da vida** – Martha Medeiros
816.**A cantada infalível** *seguido de* **A mulher do centroavante** – David Coimbra
817.**Maigret e os crimes do cais** – Simenon
818.**Sinal vermelho** – Simenon
819.**Snoopy: Pausa para a soneca (9)** – Charles Schulz
820.**De pernas pro ar** – Eduardo Galeano
821.**Tragédias gregas** – Pascal Thiercy
822.**Existencialismo** – Jacques Colette
823.**Nietzsche** – Jean Granier
824.**Amar ou depender?** – Walter Riso
825.**Darmapada: A doutrina budista em versos**
826.**J'Accuse...! – a verdade em marcha** – Zola
827.**Os crimes ABC** – Agatha Christie
828.**Um gato entre os pombos** – Agatha Christie
829.**Maigret e o sumiço do sr. Charles** – Simenon
830.**Maigret e a morte do jogador** – Simenon
831.**Dicionário de teatro** – Luiz Paulo Vasconcellos
832.**Cartas extraviadas** – Martha Medeiros
833.**A longa viagem de prazer** – J. J. Morosoli
834.**Receitas fáceis** – J. A. Pinheiro Machado
835.(14).**Mais fatos & mitos** – Dr. Fernando Lucchese
836.(15).**Boa viagem!** – Dr. Fernando Lucchese
837.**Aline: Finalmente nua!!!** (4) – Adão Iturrusgarai
838.**Mônica tem uma novidade!** – Mauricio de Sousa
839.**Cebolinha em apuros!** – Mauricio de Sousa
840.**Sócios no crime** – Agatha Christie
841.**Bocas do tempo** – Eduardo Galeano
842.**Orgulho e preconceito** – Jane Austen
843.**Impressionismo** – Dominique Lobstein
844.**Escrita chinesa** – Viviane Alleton
845.**Paris: uma história** – Yvan Combeau
846(15).**Van Gogh** – David Haziot
847.**Maigret e o corpo sem cabeça** – Simenon
848.**Portal do destino** – Agatha Christie
849.**O futuro de uma ilusão** – Freud
850.**O mal-estar na cultura** – Freud
851.**Maigret e o matador** – Simenon
852.**Maigret e o fantasma** – Simenon
853.**Um crime adormecido** – Agatha Christie
854.**Satori em Paris** – Jack Kerouac
855.**Medo e delírio em Las Vegas** – Hunter Thompson
856.**Um negócio fracassado e outros contos de humor** – Tchékhov
857.**Mônica está de férias!** – Mauricio de Sousa
858.**De quem é esse coelho?** – Mauricio de Sousa
859.**O burgomestre de Furnes** – Simenon
860.**O mistério Sittaford** – Agatha Christie
861.**Manhã transfigurada** – Luiz Antonio de Assis Brasil
862.**Alexandre, o Grande** – Pierre Briant
863.**Jesus** – Charles Perrot

864.**Islã** – Paul Balta
865.**Guerra da Secessão** – Farid Ameur
866.**Um rio que vem da Grécia** – Cláudio Moreno
867.**Maigret e os colegas americanos** – Simenon
868.**Assassinato na casa do pastor** – Agatha Christie
869.**Manual do líder** – Napoleão Bonaparte
870(16).**Billie Holiday** – Sylvia Fol
871.**Bidu arrasando!** – Mauricio de Sousa
872.**Desventuras em família** – Mauricio de Sousa
873.**Liberty Bar** – Simenon
874.**E no final a morte** – Agatha Christie
875.**Guia prático do Português correto – vol. 4** – Cláudio Moreno
876.**Dilbert (6)** – Scott Adams
877(17).**Leonardo da Vinci** – Sophie Chauveau
878.**Bella Toscana** – Frances Mayes
879.**A arte da ficção** – David Lodge
880.**Striptiras (4)** – Laerte
881.**Skrotinhos** – Angeli
882.**Depois do funeral** – Agatha Christie
883.**Radicci 7** – Iotti
884.**Walden** – H. D. Thoreau
885.**Lincoln** – Allen C. Guelzo
886.**Primeira Guerra Mundial** – Michael Howard
887.**A linha de sombra** – Joseph Conrad
888.**O amor é um cão dos diabos** – Bukowski
889.**Maigret sai em viagem** – Simenon
890.**Despertar: uma vida de Buda** – Jack Kerouac
891(18).**Albert Einstein** – Laurent Seksik
892.**Hell's Angels** – Hunter Thompson
893.**Ausência na primavera** – Agatha Christie
894.**Dilbert (7)** – Scott Adams
895.**Ao sul de lugar nenhum** – Bukowski
896.**Maquiavel** – Quentin Skinner
897.**Sócrates** – C.C.W. Taylor
898.**A casa do canal** – Simenon
899.**O Natal de Poirot** – Agatha Christie
900.**As veias abertas da América Latina** – Eduardo Galeano
901.**Snoopy: Sempre alerta! (10)** – Charles Schulz
902.**Chico Bento: Plantando confusão** – Mauricio de Sousa
903.**Penadinho: Quem é morto sempre aparece** – Mauricio de Sousa
904.**A vida sexual da mulher feia** – Claudia Tajes
905.**100 segredos de liquidificador** – José Antonio Pinheiro Machado
906.**Sexo muito prazer 2** – Laura Meyer da Silva
907.**Os nascimentos** – Eduardo Galeano
908.**As caras e as máscaras** – Eduardo Galeano
909.**O século do vento** – Eduardo Galeano
910.**Poirot perde uma cliente** – Agatha Christie
911.**Cérebro** – Michael O'Shea
912.**O escaravelho de ouro e outras histórias** – Edgar Allan Poe
913.**Piadas para sempre (4)** – Visconde da Casa Verde
914.**100 receitas de massas light** – Helena Tonetto
915(19).**Oscar Wilde** – Daniel Salvatore Schiffer
916.**Uma breve história do mundo** – H. G. Wells
917.**A Casa do Penhasco** – Agatha Christie
918.**Maigret e o finado sr. Gallet** – Simenon
919.**John M. Keynes** – Bernard Gazier
920(20).**Virginia Woolf** – Alexandra Lemasson
921.**Peter e Wendy** *seguido de* **Peter Pan em Kensington Gardens** – J. M. Barrie
922.**Aline: numas de colegial (5)** – Adão Iturrusgarai
923.**Uma dose mortal** – Agatha Christie
924.**Os trabalhos de Hércules** – Agatha Christie
925.**Maigret na escola** – Simenon
926.**Kant** – Roger Scruton
927.**A inocência do Padre Brown** – G.K. Chesterton
928.**Casa Velha** – Machado de Assis
929.**Marcas de nascença** – Nancy Huston
930.**Aulete de bolso**
931.**Hora Zero** – Agatha Christie
932.**Morte na Mesopotâmia** – Agatha Christie
933.**Um crime na Holanda** – Simenon
934.**Nem te conto, João** – Dalton Trevisan
935.**As aventuras de Huckleberry Finn** – Mark Twain
936(21).**Marilyn Monroe** – Anne Plantagenet
937.**China moderna** – Rana Mitter
938.**Dinossauros** – David Norman
939.**Louca por homem** – Claudia Tajes
940.**Amores de alto risco** – Walter Riso
941.**Jogo de damas** – David Coimbra
942.**Filha é filha** – Agatha Christie
943.**M ou N?** – Agatha Christie
944.**Maigret se defende** – Simenon
945.**Bidu: diversão em dobro!** – Mauricio de Sousa
946.**Fogo** – Anaïs Nin
947.**Rum: diário de um jornalista bêbado** – Hunter Thompson
948.**Persuasão** – Jane Austen
949.**Lágrimas na chuva** – Sergio Faraco
950.**Mulheres** – Bukowski
951.**Um pressentimento funesto** – Agatha Christie
952.**Cartas na mesa** – Agatha Christie
953.**Maigret em Vichy** – Simenon
954.**O lobo do mar** – Jack London
955.**Os gatos** – Patricia Highsmith
956(22).**Jesus** – Christiane Rancé
957.**História da medicina** – William Bynum
958.**O Morro dos Ventos Uivantes** – Emily Brontë
959.**A filosofia na era trágica dos gregos** – Nietzsche
960.**Os treze problemas** – Agatha Christie
961.**A massagista japonesa** – Moacyr Scliar
962.**A taberna dos dois tostões** – Simenon
963.**Humor do miserê** – Nani
964.**Todo o mundo tem dúvida, inclusive você** – Édison de Oliveira
965.**A dama do Bar Nevada** – Sergio Faraco
966.**O Smurf Repórter** – Peyo
967.**O Bebê Smurf** – Peyo
968.**Maigret e os flamengos** – Simenon
969.**O psicopata americano** – Bret Easton Ellis
970.**Ensaios de amor** – Alain de Botton

971.**O grande Gatsby** – F. Scott Fitzgerald
972.**Por que não sou cristão** – Bertrand Russell
973.**A Casa Torta** – Agatha Christie
974.**Encontro com a morte** – Agatha Christie
975(23).**Rimbaud** – Jean-Baptiste Baronian
976.**Cartas na rua** – Bukowski
977.**Memória** – Jonathan K. Foster
978.**A abadia de Northanger** – Jane Austen
979.**As pernas de Úrsula** – Claudia Tajes
980.**Retrato inacabado** – Agatha Christie
981.**Solanin (1)** – Inio Asano
982.**Solanin (2)** – Inio Asano
983.**Aventuras de menino** – Mitsuru Adachi
984(16).**Fatos & mitos sobre sua alimentação** – Dr. Fernando Lucchese
985.**Teoria quântica** – John Polkinghorne
986.**O eterno marido** – Fiódor Dostoiévski
987.**Um safado em Dublin** – J. P. Donleavy
988.**Mirinha** – Dalton Trevisan
989.**Akhenaton e Nefertiti** – Carmen Seganfredo e A. S. Franchini
990.**On the Road – o manuscrito original** – Jack Kerouac
991.**Relatividade** – Russell Stannard
992.**Abaixo de zero** – Bret Easton Ellis
993(24).**Andy Warhol** – Mériam Korichi
994.**Maigret** – Simenon
995.**Os últimos casos de Miss Marple** – Agatha Christie
996.**Nico Demo** – Mauricio de Sousa
997.**Maigret e a mulher do ladrão** – Simenon
998.**Rousseau** – Robert Wokler
999.**Noite sem fim** – Agatha Christie
1000.**Diários de Andy Warhol (1)** – Editado por Pat Hackett
1001.**Diários de Andy Warhol (2)** – Editado por Pat Hackett
1002.**Cartier-Bresson: o olhar do século** – Pierre Assouline
1003.**As melhores histórias da mitologia: vol. 1** – A.S. Franchini e Carmen Seganfredo
1004.**As melhores histórias da mitologia: vol. 2** – A.S. Franchini e Carmen Seganfredo
1005.**Assassinato no beco** – Agatha Christie
1006.**Convite para um homicídio** – Agatha Christie
1007.**Um fracasso de Maigret** – Simenon
1008.**História da vida** – Michael J. Benton
1009.**Jung** – Anthony Stevens
1010.**Arsène Lupin, ladrão de casaca** – Maurice Leblanc
1011.**Dublinenses** – James Joyce
1012.**120 tirinhas da Turma da Mônica** – Mauricio de Sousa
1013.**Antologia poética** – Fernando Pessoa
1014.**A aventura de um cliente ilustre** *seguido de* **O último adeus de Sherlock Holmes** – Sir Arthur Conan Doyle
1015.**Cenas de Nova York** – Jack Kerouac
1016.**A corista** – Anton Tchékhov
1017.**O diabo** – Leon Tolstói
1018.**Fábulas chinesas** – Sérgio Capparelli e Márcia Schmaltz
1019.**O gato do Brasil** – Sir Arthur Conan Doyle
1020.**Missa do Galo** – Machado de Assis
1021.**O mistério de Marie Rogêt** – Edgar Allan Poe
1022.**A mulher mais linda da cidade** – Bukowski
1023.**O retrato** – Nicolai Gogol
1024.**O conflito** – Agatha Christie
1025.**Os primeiros casos de Poirot** – Agatha Christie
1026.**Maigret e o cliente de sábado** – Simenon
1027(25).**Beethoven** – Bernard Fauconnier
1028.**Platão** – Julia Annas
1029.**Cleo e Daniel** – Roberto Freire
1030.**Til** – José de Alencar
1031.**Viagens na minha terra** – Almeida Garrett
1032.**Profissões para mulheres e outros artigos feministas** – Virginia Woolf
1033.**Mrs. Dalloway** – Virginia Woolf
1034.**O cão da morte** – Agatha Christie
1035.**Tragédia em três atos** – Agatha Christie
1036.**Maigret hesita** – Simenon
1037.**O fantasma da Ópera** – Gaston Leroux
1038.**Evolução** – Brian e Deborah Charlesworth
1039.**Medida por medida** – Shakespeare
1040.**Razão e sentimento** – Jane Austen
1041.**A obra-prima ignorada** *seguido de* **Um episódio durante o Terror** – Balzac
1042.**A fugitiva** – Anaïs Nin
1043.**As grandes histórias da mitologia greco-romana** – A. S. Franchini
1044.**O corno de si mesmo & outras historietas** – Marquês de Sade
1045.**Da felicidade** *seguido de* **Da vida retirada** – Sêneca
1046.**O horror em Red Hook e outras histórias** – H. P. Lovecraft
1047.**Noite em claro** – Martha Medeiros
1048.**Poemas clássicos chineses** – Li Bai, Du Fu e Wang Wei
1049.**A terceira moça** – Agatha Christie
1050.**Um destino ignorado** – Agatha Christie
1051(26).**Buda** – Sophie Royer
1052.**Guerra fria** – Robert J. McMahon
1053.**Simons's Cat: as aventuras de um gato travesso e comilão – vol. 1** – Simon Tofield
1054.**Simons's Cat: as aventuras de um gato travesso e comilão – vol. 2** – Simon Tofield
1055.**Só as mulheres e as baratas sobreviverão** – Claudia Tajes
1056. **Maigret e o ministro** – Simenon
1057.**Pré-história** – Chris Gosden
1058.**Pintou sujeira!** – Mauricio de Sousa
1059.**Contos da mamãe gansa** – Charles Perrault
1060.**A interpretação dos sonhos: vol. 1** – Freud
1061.**A interpretação dos sonhos: vol. 2** – Freud
1062.**Frufru, Rataplã, Dolores** – Dalton Trevisan

COLEÇÃO 64 PÁGINAS
LIVROS QUE CUSTAM SEMPRE R$ 5,00!
DO TAMANHO DO SEU TEMPO.
E DO SEU BOLSO
E-BOOKS R$ 3,00!
L&PM POCKET

IMPRESSÃO:

GRÁFICA EDITORA
Pallotti
IMAGEM DE QUALIDADE

Santa Maria - RS - Fone/Fax: (55) 3220.4500
www.pallotti.com.br